作家出版社 & 悬疑世界（上海浩林文化传播有限公司）

悬疑世界文库

命运有无限种可能

遗产阴谋

[德]英格丽特·诺尔 著
沈锡良 译

作家出版社

目录

01
用叉进食的点心

大约二十年前，我偶尔会接到出席星期日早午餐的邀请，可后来午间聚会不再流行。东道主们之所以对此感到厌烦，是因为有一些客人非要一直待到晚上，这样主人们还得为他们多准备一顿饭菜。因此，当前不久从信箱里接到一位前同事手写的明信片时，我完全惊呆了：沃尔夫拉姆·肯普纳，这个人我已经好久没有他的消息了，看来他也已从图书馆退休，他说想在一个即将来临的节假日里请我吃用叉进食的点心。真是个老书虫！我想道，除了他，如今谁还会知道这种老旧而奇怪的点心叫法！

我还有两星期时间可以回绝他，我的感觉在好奇和缺乏兴致之间摇摆不定。为了谨慎起见，我想在答应他之前再看一下某个墓碑上的墓志铭。我心不在焉地穿越在魏因海姆墓地。尽管几个亲戚的墓地就在这里，但我也有好几个月没去了。天空中弥漫着春天的气息，那是一个暖洋洋的日子，鸟儿在欢快地啁啾，刚苏醒的大地在太阳下熠熠闪光，一束束鲜花不会在一夜之间冻死，而是几乎像在花瓶里那样保持得完好如初。前一天刚下过雨，走在这湿滑的岔路上，我必须时刻提防自己才不至于滑倒在地。我惊讶地发觉这些防风雨的铸石组成的小天使雕像出奇地增多了。有的墓穴旁竟然有八个天使之多，有一些墓穴旁还有圣母像。绝大多数的上帝信使相对很新，白里透亮，几只陶瓷做的比较旧的信使露出了裂缝，长出了苔藓，变成了灰白，和土壤融为一体，有朝一日将成为尘埃的一部分。我一再感到惊奇的是死者本人被提及：安息吧！我们永远不会忘记你！我想你！就连枯萎的花圈的饰带上也印上了文字：永远属于你的西格琳德。难道他们以为死者会很高兴接收到这些信息吗？我在讣告上也看到过类似的称谓，想象着人们在彼岸互相朗读报纸的情景。正当我仍然对着这个想象觉得好笑的时候，我又一次发现了那个碑文：待着别动！这个独特而不是太友善的碑文刻在那块花岗岩石板上。

难道是疏忽，本应该写上：好好待着吧！而那句咒语可以阻止死者慢慢腐烂吗？我重新研究起墓碑上的姓和名来——毫无疑问的是：这里果然躺着那位同事的妻子。正是这位同事几天前给我寄来了上面提到的卡片。贝娜德特·肯普纳是在半年前去世的，因此这个用叉进食的点心邀约不可能和她的葬礼直接相关。我在墓碑上查看了一下，她去世时七十三岁，也就是比她的丈夫大约年长六岁，因此还谈不上过早去世。沃尔夫拉姆只是很少谈及妻子，他绝对是我们市立图书馆里一位沉默寡言的员工，宁可在幕后完成他的文书工作，也不愿在对外办公时间里受到约束。他虽然是我们团队里唯一的男子,所谓的“独苗”，可从未扮演过公鸡的角色，更确切地说，他被视为中性人，或者说得更形象些，他被视为被阉割的公鸡。因为我提前提出了退休申请，三年前年满六十就从图书馆退了职，所以也和他失去了联系。我早就放弃和不熟悉的视听媒介和始终越来越新的软件做斗争。我唯有一次向他倾诉心曲，首先谈及外借和管理图书时，我说原先的一切更为舒适和更为人性。他虽然充满同情地点点头，可是跟我相反的是，他似乎对现代技术完全不会有困难，因为正如他是书虫一样，他也是一个同样热情的业余爱好者。至少他说很敬佩我做出了勇敢的决定。又说很遗憾的是，如果不发生意外的话，他还得一直工作至六十五周岁。

难道是出于经济上的原因吗？还是他在家里感到不舒服呢？由于他更愿意避免与同事和客人来往，缺乏接触作为理由倒未必可信。一定是私人方面的情况，迫使他不得不坚持做下去。或许是他的养老金太少，或者是他的购房贷款还没有全部还清？

难道是因为不久前过世的贝娜德特不喜欢看到有人拜访他们的家，而现在沃尔夫拉姆想要弥补一下之前的缺憾吗？据我所知，我们从前的团队里还没有人踏进过他的家门。我一回到家，就给尤迪特打电话，她是比我年轻许多的同事，我仍然一如既往地喜欢和她见面，在莱茵内卡中心一起购物。

“你最近去过墓地吗？”我开始说道，并谈起了我的发现。

尤迪特从报纸上得知沃尔夫拉姆的妻子刚去世不久。可她说知道更为愉悦的散步路线，而不是在墓地四周逗留。她对那段罕见的碑文不由得咯咯一笑，可马上又陷入沉思之中。她没被邀请参加用叉子进食的点心安排，除此之外她又觉得这种表达方式相当不合常规。

“你可曾见过他的妻子？他曾经提及过他的婚姻吗？”我继续探问道，可这位内向而羞涩的沃尔夫拉姆从未和她谈及这个话题。

“我在一本破旧的儿童书籍上看到过这样一句格言：待在原地别动！你的敌人就在身边，还没有看到你！”尤迪特说，“很可能这句奇特的碑文和记忆有关？”

我们反复思量，苦于得不出结论。

“为什么他偏偏只邀请我？”我固执地问。

我听到尤迪特轻轻一笑。“也许他在寻找新的太太。”她说。

这话恐怕不是她当真说的。我离异，众所周知对男人没有好感。此外，我既不是家庭妇女那种人，又不是特别性感，这在我这个年龄反正也不再是重点。我并不适合一个寻求温暖、安慰和帮助的鳏夫。和丈夫离婚多年之后，谁也不会对我感兴趣，大概也因为我本人不希望有另外的想法。当天晚上，我就写信给他，接受了他的热情邀约，我胆子小，不敢给他打电话。

我当然不想把自己打扮得特别时髦，吃个用叉子进食的点心毕竟不是观看歌剧首演。再说，沃尔夫拉姆也不该有任何不切实际的幻想，以为我赋予他的邀请以特别的意义。我应该带上一束鲜花吗？我决定带上一瓶生姜酱，我不喜欢这种酱，它在柜子里已经放了多时。我也在一本收录幽默搞笑的墓碑格言的小开本平装书中翻阅了一会儿，可又把书放回了书架。待着别动！不属于这一类别。

我本来是一个守时的人，但因为退休之后养不起汽车，只能乘坐公交车去吃用叉子进食的点心。我故意晚到二十分钟，主人不会想到我会对他图谋不轨。究竟会有哪些吃的东西呢？就这点而言，沃尔夫拉姆不是被阉割的公鸡，当他是一个特别小气的男人标兵时，他既不强壮，也没有吃得很胖。我不知道他是否会多煮上一个嫩鸡蛋。不过如果愿意，也可以配上香槟、鱼子酱、牡蛎和虾仁表示敬意。可是，这个不显山露水的小男人会提供这些东西吗？

位于海狸街的房子超大，相当阴森可怕，只是透过常春藤环绕的冷杉树才可以隐约看到。沃尔夫拉姆在门口迎候我。我看到他时吓了一跳。他一定是重病在身，从他所穿的衣服，或者更确切地说，从他的黑色圆高领套衫看，他是那么骨瘦如柴，脸色苍白。他的头上几乎不长一根头发。我们小心地互致问候，可能两个人都不是很清楚是否应该保持适当的距离还是互表热忱。然后我们在铺上桌布的桌子旁就座，热茶和咖啡也已在保暖的小炉上准备就绪。一只杯子里准备好了早餐鸡蛋，此外还有羊角面包、葡萄干小面包、蜂蜜、买来的现成的熟菜肉类沙拉以及意大利火腿。一切无可挑剔，虽然没有任何独特之处。我们提出了一些彼此健康状况和前同事的常见问题，可在简单寒暄之后就要切入伤脑筋的正题了。

“我的健康状况明显恶化了，”他开始说道，“肿瘤已经不宜动手术，也几乎没法做化疗了。我的癌细胞已经到处转移，这段时间我已经放弃治疗。正因为如此，现在是处理一些重要事情的时候了。尊敬的卡拉，我找上你并不是没有任何私下的想法的，因为你是我唯一认识的不会坚持自己成见的女人……”

听到这样的表述，我很吃惊，眼睛离开被我吃掉一半的鸡蛋抬头一望。他说起我们图书馆里曾经有过一次讨论，提到有一个露阴癖的人。我们的女上司和所有的女同事都对此人大加鞭挞，而我是唯一要求对其受损伤心灵进行认真思考的一个人。

“所以我知道你不会马上谴责我。”他说。

接下来会怎样？我几乎稍稍担心起来，可到了万不得已时我是个强者。

“你们肯定总认为我是一个搅局的人，从某种程度上看，这也没有说错，”他迟疑地说道，“我是大男子主义的对立面，年轻时我喜欢别人驾驭我，被强壮的年龄稍大的女人强烈吸引。贝娜德特是一个控制欲极强的女人。因此，在我们结婚初期，我感觉自己非常舒心。”

他大概指的是哪些成见呢？“贝娜德特难道是一个女皇，而你是她的奴隶吗？”

他摇摇头。“不能这么说，她更倾向于做一个万能的母亲的角色，她希望拥有一个大家庭，可是孩子却始终没有出现。在她经过了多次疗养和荷尔蒙治疗之后，泌尿外科大夫对我做了仔细检查。查明的结果非常令人沮丧，问题偏偏出在我身上。

自此以后，原本和谐的家庭生活一去不复返了。有时我想进入她的卧室，她会发出高八度的吼叫，连三条马路之外都能听得到：待在原地别动！”

“哦，是这样，”我喃喃道，因为现在我终于恍然大悟了，“可是你们为什么不离婚呢？”

“我们总是谈及离婚的话题，也谈起领养孩子的问题。换在今天，那些个生殖大夫们肯定能帮上我们的忙，可在当时几乎没有任何可能性。但再和另外一个男人重新开始新生活，贝娜德特认为自己年龄毕竟又太大了。或许她对折磨我充满着越来越多的兴趣。我重新感到良心不安，因为我对妻子的不幸是有责任的，因此甘愿受罚。我们在一定程度上成了施虐受虐的一对，只是完全不用鞭子或者铁链……”他喘了口气，继续说道，“尽管这样或许更好。”

我稍显尴尬，从我那杯变冷的咖啡里喝了一口。沃尔夫拉姆究竟想从我这里得到什么？难道我该稍稍折磨一下这个惨遭病痛折磨的人，好满足他受罚的渴望？因为一时想不出合适的语句表态，我便开始品尝肉类沙拉，也是为了终于使用一次上面提到的叉子，尽管我真的不喜欢这种沙拉。坐在我对面的人到现在为止只喝过茶，还没碰过吃的东西。我真想就此告别，可他显然还有求于我。

但他起先仍在诉苦：“大约十三年前，我曾有机会到不来梅市立图书馆担任部门经理一职，我是瞒着贝娜德特申请的，对获得这一职位感到非常高兴。它的任务就是要有重点地组建媒介服务，这要比我迄今所做的纯官僚性事务工作更有意思。可贝娜德特又一次命令我：待着别动！于是我不得不放弃了。”

“她为什么不同意？”我问，“对每一个女人来说，搬家到大城市不是一种令人愉快的挑战吗？难道不是吗？”

“贝娜德特是一个富裕的遗产继承人，这个房子也是她家的，她在此长大，也想终老于此。她永远不会把它租出去或者干脆卖出去。毕竟她还想着子孙满堂，可我毁灭了她的美梦。我和贝娜德特把彼此的生活弄得一团糟。”

我渐渐恼火起来，不仅对这个自私自利的贝娜德特，而且几乎更多地是对这个不愿意解放自己的死气沉沉的男人。我在一瞬间感觉到了那种冲动，因为他这种低三下四到令人不堪忍受的态度，我真想把那瓶蜂蜜扔到他的头上去。

“这一点现在也无法改变了，”我气呼呼地说完，站了起来，“为什么你要跟我说这些东西？我帮不了你。”

他请求我再待上一会儿，因为他说还没有结束他的忏悔。这句话引起了我的兴趣。

“你妻子究竟死于何种疾病？”我疑惑地问道。

“你好像能猜到我的心思！她不幸去世，让我心情很沉重。大约两年前，我们俩到医院做过一次常规体检，我被确诊患有原发性恶性肿瘤，且癌细胞已经扩散。贝娜德特除高血压外，身体非常健康。

“一天晚上，我们发生了激烈争执，起因和以往一样，和她的侄女有关。这个虚情假意的姑娘总是懂得从我天真幼稚的妻子身上骗取大把的钞票。在我们发生争执后的第二天早上，我听到从她的卧室里传来微弱的敲击声。现在她可能又想要扮演病人的角色了，让我把茶水端到她床前，我愤怒地想道，可我并没有坚持让她发号施令。直至后来我才明白她中风了，没法喊救命，就用抓背棒敲击抽屉柜。”

“一旦中风，每一分钟都很宝贵，”我说，“救护人员没有马上抵达现场吗？”

“我当然应该马上拨打急救电话，可我真没有料到这会是事关生死的问题。因为那天有个肿瘤复查，我便穿上雨衣出了门。几小时后回来，妻子手脚已冰凉。自此以后，我一直深感内疚，不知道如何面对自己的罪责。”

我的反应相当可怕。“大夫没有怀疑吗？”我问。

沃尔夫拉姆摇摇头，因为别人如何能证明她病发时他还在家里呢？

他为何偏偏选择我听取他的忏悔呢？那现在怎么办？难道他在期待我强迫他悔罪吗？

“你自己的良心必须对疏于提供帮助承担责任，”我说，“我不是牧师、法官，也绝不是刽子手，我现在就要走了……”

他拉住我的袖子。“请你再待上几分钟吧，卡拉！我不是请你过来赦免我的罪责，”他说，“很遗憾我既没有朋友也没有亲戚可以帮助我。我之所以选择你，是因为我相信你既不会打自己的如意算盘，也不会滥用这样的机会。换作任何一个其他女人，很可能为了尽快获得遗产，她会费尽心机地迷惑一个颇有资财却又病危的鳏夫。我在一份临时性的遗嘱中写明这所大房子将被拍卖，而其拍卖所得将捐赠给海德堡的一家临终关怀医院。但其中的四分之一所得将支付给你，只要你愿意帮我一个小忙的话。我只要求你出资料理我的后事，并将我直接安葬在我妻子旁边。我的墓碑上要写上如下碑文：你的敌人就在身边。”

“如果没有其他事的话，”我如释重负地说，“这个没问题！”

我们相视而笑，握握手，合同就算签订好了。我完全理解，这两块并排放置的花岗岩石板上将会写上他们婚姻的座右铭：待着别动！——你的敌人就在身边。

终于，我站在了大街上，感觉邻居家的窗口有位中年女子在观察我。

02
追逐轰动新闻

只有到了老年，我才真正意识到，自己一生中的绝大部分时间是多么寂寞。我没有一个自己的家，我的中学女友们都不住在本地，我哥哥移居加拿大了。我几乎没有客人来访，大概出于这个原因，也很少受到邀请。我甚至尽可能回避企业内部的庆祝活动，尽管和同事们相处得还可以。正因为如此，不幸中之万幸的是，在共同经历了一次冒险活动之后，我和一名比我年轻得多的女图书管理员建立了更为亲密的关系。

这位女图书管理员名叫尤迪特，当时刚来我们图书馆不久，还没有多少工作经验。当我接到一家大型书店重新开张的活动邀请时，我一时心血来潮地问她是否愿意和我一起去。于是，在一个星期六的下午，我们驱车前往曼海姆，和这家书店年轻的老板及他的父亲闲聊。他的父亲我早在大学时代就已认识。

在我们举杯庆祝时，我们倾听他所有崭新而富有创见的设想，然后由他们带领我们参观不同的部门。快到八点时，自豪的店主向我们告别，自然以为我们最晚在书店打烊时回家。可是我还想再到专业书籍部看看他们有哪些旅游书籍。

我一直觉得在书店里东翻西找，阅读古典作家的新版本和最新畅销书上的简介文字，是多么美妙。我因此兴奋地梦想我们的市立图书馆也能够购置那些豪华图书，可是很遗憾这些图书我们无力承担。正当我和尤迪特舒适地坐在最高层的沙发椅上时，广播喇叭要求书店的客人离开大楼。这肯定只是预先的警告而已，我想道，然后又抓起一本书，根本没看一下表。可不到十分钟，尤迪特害怕地跳起来，说我们现在必须立刻出去，否则就被关在大楼里了。我们周围既看不到工作人员，也看不到顾客，收银员也已经不在位置上了。我们冲进玻璃电梯想到出口去，按下“底楼”键，电梯随即下行，可突然之间所有灯光熄灭，传来一声可怕的叫喊。就在同一时刻，我们被卡在了三楼和二楼之间。

“我们要是乘坐自动扶梯就好了！”我带着不舒服的感觉说道，心里感到很内疚。毕竟我就像是一个不尽责的小学生那样在磨洋工。尤迪特并没有责怪我,真的没有发出一声埋怨。突然，电梯猛地一动，掉下去几公分后重新停住，然后就纹丝不动了。门被完全锁住了。好在轿厢里并没有完全黑下来，毕竟还有一丝微弱的光线透过薄玻璃射进来。我找了一下，找到了那只紧急按钮，希望那位大楼管理员还在办公室里，可以让我们很快获得自由。尤迪特把她的手机落在车里了，我当时还没有移动电话。至少我曾经看过一篇文章，说是在发生这样的情况时消防人员抵达事发现场究竟有多快。我们耐心等待，可时间悄然逝去，什么事情都没有发生。

我们共同的土牢大约两平方米大小。我忧心忡忡地想着我们俩呼吸的空气还能支撑多久。我不停地按动那只该死的按钮，可没有丝毫进展。尤迪特已经瘫倒在地上，全身发抖，不说一句话。

我可以把我当时的处境称为莫名的压抑，可她陷入了歇斯底里的恐慌发作之中，开始发出尖叫，喊得我的耳朵直响。我坐在她身旁，开始安慰性地劝说她。幸好十分钟后她喉咙哑了，只是还在轻轻地啜泣，可然后她突然又全身颤抖起来，张开嘴大口喘气。我试图影响她使她平静下来，可是无济于事。她躺在那里，头埋在我的怀里，犹如鱼在干涸的河里那样大口喘气。

“你曾经碰到过这种事吗？”我问，“他们是怎么帮你的？”

她只是整个身体在抽搐，然后继续急促呼吸。“给我讲个故事吧，”她终于开口道，“可以有助于分散注意力。可或许我还是得死。”

“胡说八道。”我说道，于是马上开讲起来，可是我不像《一千零一夜》里的说书人山鲁佐德讲一个一个的童话，而是直接讲我自己的故事。我说起我住在巴登的贝尔格大街时受到细心照管的童年时代、我短暂婚姻的不幸结束、我目前的隐居生活以及日常生活中的小快乐。不错，我把迄今为止不和任何人透露的一切突然连珠炮似的说了出来。几乎就像是我躺在精神分析学家的沙发椅上一样。渐渐地，尤迪特呼吸越来越安静，可等到我说话顿住时，她便轻声低语道：“继续！”

大约两小时后，她的身体状况果真有了好转。她现在结结巴巴地讲起自己带着童年创伤的经历，她一不小心被关闭在小学地下室里好几个小时。她承认自己实际上内急得厉害，幸好我在我的手提包里找到了一只塑料袋，于是我们就用那只塑料袋就地解决了。之后她稍稍放松了一些，我们就说些同事们的风言风语和详细分析他们的情况来消磨时光，尤其在我们团队里的唯一男子沃尔夫拉姆·肯普纳身上耽误了很长时间。

我们不用等到星期一早上才被救出，总而言之，我们被关在电梯里大概只有五个小时。其他人在电梯里经历过更为可怕的事情，可是我们当然将比较而言短暂的时间视为没完没了。从那时开始我们成了好朋友。最好不过的是，尤迪特总是用她的热情感染我，我们之间的年龄差距几乎没有影响到我们的交往。

尤迪特是一个喜欢追求轰动效应的女人，即便她不承认这一点。她说自己求知欲很强，对许多东西充满兴趣。我简直始料未及的是，在吃完用叉进食的点心没过几小时，她就给我打来了电话。

“怎么样，他向你求婚了吗？”她问。

“你的嗅觉不错，”我答道，“因为我们已经不再年轻，婚礼将在四周后举行。可惜你看不到那束新娘鲜花了，因为我们要飞往拉斯维加斯，在那里的雅园婚礼教堂喜结良缘！”

“你可糊弄不了我，”尤迪特说，“这家伙想叫你干什么？”

“你只有保守秘密我才跟你讲。可别和女同事们说！”

她说这不是理所当然的事嘛。反正让我不说出来我也坚持不了，于是就跟她描述了我们两人早餐会的每一个细节，包括我们吃了哪些东西。我还推迟和这个患病的主人进行交易。听说杯子里有一只鸡蛋时，尤迪特尽管叹息了一声“真好吃”，可并没有离开她真正关心的问题。我没能折磨她太久，便向她介绍了我们那份有着纪念意义的合同。

“这是一套豪华的房产吗？”尤迪特问，“你赚到的钱足以让你终生养护墓碑吗？”

“挺值些钱的。这幢别墅坐落在海狸街，紧靠着那所初级中学，是一幢雄伟的建筑，建于德国经济创业年代。原本可能考虑居住两三户人家，但沃尔夫拉姆独自一人住在那里。我只看到过道和客厅，布置得相当昏暗而难看，可至少任何空余的小地方都摆满了书籍。”

“做梦都想拥有一套老房子呀！恐怕你当时激动得眼都半瞎了吧。你觉得这样行吗，我过来接你，我们一起悄悄看下你的别墅！”

“你敢！你就不能做些更有意思的事吗？首先这房子并不属于我，其次房子前面被许多的树木遮挡住了。我可绝对不想偷偷摸摸地走来走去，你想想，沃尔夫拉姆就站在窗口！没有比这更让人感到难堪的了！那就待在原地不动吧！”

尤迪特真是不可救药，一刻钟之后她就站在了我家门口。她说今天多云天气，如果我们撑着雨伞从沃尔夫拉姆的房子旁边走过，他不会认出我们来。我被她说服了，不过坚持把车停在视野之外。半小时后，我们沿着海狸街溜达。因正值节假日，来往车辆稀少，看不到学生，也几乎没有行人。

“但愿你带上了相机。”尤迪特说。可我根本就没有相机。

“是 19 号。”我低声说。她这种探究的渴望感染了我。我们穿过前院里那些荒芜的灌木丛、高耸的冷杉以及茂盛的针叶树，悄悄瞄了一眼沃尔夫拉姆的房子。这是一栋黄得脏兮兮的缸砖建筑，梯子横木窗户狭长而高耸，石板瓦屋顶呈灰色，阁楼层有个老虎窗。那些几乎不透明的窗户被微红的沙石围绕着。房子正面可以看到那个嵌入墙内的“1897 年”的数字，正门上写着“萨尔沃”三个字。低矮围墙上的木栅栏几乎被枝繁叶茂的常春藤压垮了。

“悲伤的珍宝！”尤迪特说，“树木必须去掉，然后把工具棚彻底打扫干净。底楼开一家诊所，楼上为漂亮的居住区，阁楼设一个高雅的工作室。你觉得如何？”

“要么搞成三套宽敞明亮的住房，”我说，“肯定得花不少钱。这个房子已经好几十年没有装修过了。我不知道这样的房子是否被列入文物保护名单。我可不管发生什么事——我只对房子的售价感兴趣。进款越高，我的应得部分就越丰厚。”

我们不想站在那里不动，于是懒洋洋地继续走下去，在街的尽头转身，然后从街对面重新往回走。忽然之间，我觉得好像楼上那些褪色的窗帘轻轻动了一下，我真想钻进地缝里去。我们有点急急忙忙地走过我们的目标，终于重新坐到了尤迪特的车里。

“那你准备拿那么多的钱干什么？”尤迪特眼里闪着光地

问道。

我不知道，只好耸耸肩。

“到现在为止还完全无法肯定，沃尔夫拉姆跟我胡扯的一切是否属实。也许他活得比预料的更长久，我也没有看到过他的遗嘱。我们应该打死狼之后才能剥它的皮吧！”

直至后来我才想起，我已经口头答应和尤迪特一起分享沃尔夫拉姆的那张皮了。为什么就不能来一次共同的世界之旅呢？或者开个书香咖啡吧？那次我们一起去了郊外之后，我请她上网查查房产中介信息。肯定找得到一家合适的中介公司，可以更精确地估算房价。我本人没有计算机。在我工作的最后几年，我不得不为这种可怕的发明操碎了心，我很高兴作为退休老人终于摆脱了它。

我重新独自一人时，不停地唱道：“如果我将来有了钱，噢耶维迪维迪维迪维迪维迪维迪砰……”我一直没等到尤迪特的电话，最后到了夜里很晚了，我索性拿起电话给她打了过去。

“你在网上找到信息了吗？”我问，心里一直还很乐滋滋的。

尤迪特嘴里拖了一个长长的“嘘”字，有点不情愿地回应道：她还没有时间，她有客人。

“谁呀？”我问道，可立马认识到我的问题问得不是时候。

“柯德！”她只是简短地回答。

我从未喜欢过她的男人情史。诚然，她是一个美丽的年轻女人，充满理性，富有幽默，我不会妒忌她拥有世上的所有机会，但我就是不喜欢她和轻浮男人那些数也数不清的风流韵事。她总是觉得那些规矩正派的求偶者太无聊。有时候，她显然同时脚踩多条船，可然后，又是一个新手出现，冷不丁地把她接走。那个名叫柯德的家伙算是有过前科的人，她多年前就和他有过一段相当长的关系，他甚至还是唯一一个曾经住在她家里的人。但据我所知，她那段不明不白的男女私通早就结束了。

因为别墅的事搞得我心绪不宁，我便从废纸篓里翻找上周的报纸，匆匆浏览房产广告。至少许布施街上的一栋房子，就在沃尔夫拉姆家附近，挂牌价六十万欧元。可是因为没有诸如地产大小、装潢以及房子整体状况的线索，也就难以继续帮上我的忙。这一地区被誉为高档地段，可中介们当然会把一切吹得天花乱坠。

我想起有过一个电视节目，最高可赢得一百万欧元大奖。主持人习惯性地问那些有望获奖的候选人，倘若有了这笔钱，准备干什么。有一些人有着具体的愿望，比如购买一架演奏会使用的三角钢琴，或者到澳大利亚旅行。另有一些人则假惺惺地表示想将大部分的奖金捐赠出去，或者亟须偿还他们的贷学金或者其他债务。尽管可以不费吹灰之力地回答许多问题，但我从来没有参与过这种公众智力竞赛：文学、德国歌曲库、童话、古典音乐、地理和历史是我的专业领域，可要是说到流行歌曲排行榜、物理学、最新电影、流行音乐、名人八卦以及国王婚礼的话，那我一定要丢尽脸了。因此到现在为止，我还没有想过用这笔意外之财可以干些什么。我不玩彩票。虽然钱少做不成多少事，但用我的退休金还能应付得过去。

拥有一套私有住宅，带阳台或者暖房以及现代厨房，那是相当不错的，可以到最高雅的歌剧院里去观摩歌剧，到印度旅行，或者也可以到加拿大看望我哥哥一家。由于经济拮据，我不得不卖掉了那辆老旧的汽车，假若现在能拥有一辆小型赛车，那该有多棒呀。别胡思乱想了，我突然自言自语道，或许屋梁上爬满了蠹虫，这种旧房子只值二十万呢。虽然我有权得到总金额的四分之一，但我也还得支付墓地的护理、墓碑包括碑文的费用，很可能就所剩无几了。

我在床上躺着，还一直思量那顿叉子点心和沃尔夫拉姆奇特的婚姻。直到现在这个受难者依然在他那个大房子里独自面对自己的困境，可他迟早需要帮助。他至少要有一个清扫女工吧？谁可以为他购物、做饭、陪他上医院，最终甚至去照料他呢？是否他期望从我这里得到同样无私的帮助呢？事实上我们并没有这样讲定过，尽管如此我还是可以给他提供一点点的帮助，直至他最终进了医院或者临终关怀医院。让人奇怪的是，他都跟我说了些什么？他竟然说我是唯一的绝不会滥用这种机会的女人！他从哪儿知道这一点？我真是他自认为的那种收买不了的高贵的人吗？大约到了早上我才睡着，然后又筋疲力尽地醒过来了。自从那次离奇的叉子点心之后，我作为退休女人的宁静消失了，而我就像歌德《浮士德》中的甘泪卿那样喃喃自语道："我失去了安宁，我的内心烦闷，我再也找不回自己的安宁。"

约莫十一点，我给自己冲了杯咖啡，真想马上重新躺下休息。可我强迫自己干了点儿家务活，给花浇浇水。

尤迪特在午休时间打来电话。“我找到了一点信息，”她自豪地说，“类似的别墅价值九十万欧元，还不是在魏因海姆，而是在本斯海姆！你怎么说？”

“不错呀！”我说，“如果是四分之一的话，那差不多就是二十五万欧元，用这钱我肯定能买到一套漂亮的私有住房。不过要是我一个人拿到整整一百万，那就更好了！”

“我得挂了，”尤迪特说，“你继续做梦吧！”

这一天中余下的时间我就是在做梦中度过的。可到后来我很清楚,我还得再和沃尔夫拉姆谈一次。我应该给他打电话吗?我从前的中学女同学中有三个朋友，有时我可以和她们打上好几个小时的电话。可我觉得和沃尔夫拉姆这样通话就不合适了。我认为谈正儿八经的事只有两个人直接面对面坐着时才有可能，而且谈话时可以压低声音，不受任何干扰：毕竟我们谈及的是他即将来临的死亡。难道我应该邀请他吃个点心吗？最好不要，因为我想要更近地观察他的房子。也许我可以看看浴室，把杯子端进厨房，由此对整个房子有个基本印象。我决定对他来个突然袭击，过几天直接按他家门铃。这样他也就不必为我的来访做烦琐的准备，最后很可能会再买点肉类沙拉。

我相当疲倦地躺在沙发上翻看报纸，可不想看那些长篇大论。我观望性地浏览，没有发现有意思的房产广告，最后开始研究那些讣告、殡葬企业和墓园的广告。有一名石匠提供价廉的墓碑，碑文的激光雕刻只需要八十欧元。我把那页广告撕下来贴到墙上，然后在错误的时间打了个盹儿：这是我衰老的可靠信号。我还一直牢记母亲的抱怨，因为父亲晚年常常是这样，在大白天里鼻梁上架着眼镜，手里拿着报纸，却是坐在靠背沙发椅上打瞌睡。

接下来的几天过得好漫长。我横不下心来，不敢擅自闯入沃尔夫拉姆家门，看清楚整个房子的状况。至于向人透露秘密以及征求他人意见，我也认为并不明智。有时我也缺乏精力，去花更长的时间研究墓碑、别墅以及这位患病同事的遗嘱等诸多问题。周四，我怀着愧疚给尤迪特打去电话，因为我不想拿我的难题折磨她，而她却在借故摆脱我的纠缠。有人硬拉她参加周五一个漫长的朗诵会之夜。她和我一样很难和陌生孩子相处，因而觉得其他一切都很甜蜜而美好。

我还未曾明白为何有人一定要赶这种荒唐可笑的时髦！晚上，一所小学的班主任和她的学生们约定到图书馆去，母亲们带来了睡袋、气垫、枕头、被子、手电筒、睡衣、毛巾和牙刷。孩子们的旅行背包里装满了长毛绒玩具、变成碎屑的干松蛋糕、碳酸汽水、油炸土豆片以及各种各样黏糊糊的甜食。他们在书架之间布置好了舒适的床铺，那位女图书管理员必须一个接一个地朗诵故事。然后，他们可以长时间地翻阅图书，紧接着，这位可怜的女教师得扮演守夜人。在周六共进早餐之后，疲劳过度的孩子们被送回家，而他们的父母的任务则是强迫他们闷闷不乐的孩子重新回到秩序井然的节奏中。在他们撤出前，这些亲爱的客人们虽然仍应该把一切收拾干净，但绝大多数的工作还是落在那位女图书管理员身上。尽管她随后就可以休息了，但她和孩子们同样筋疲力尽地进入周末。在我以往的职业生涯中，这种折磨我只经历过一次，后来作为年纪最大的女性得以成功脱身。沃尔夫拉姆宁愿避免和成年顾客交往，最喜欢把时间和精力用在编目、发送催促信以及馆际借书业务上面，相反却总是自愿报名参加活动，据说他和一个十岁的孩子关系密切。我记得他扮作吸血鬼，好在一个万圣节恐怖夜朗诵可怕的故事。当时他通常给我们留下这样的印象，因为他扮作德古拉[1]，竟然有着某种活脱魔鬼的形象。在接下来的几年里，他作为幽灵，甚至作为神话中的狼人一直让我们惊喜不已。

我们当时想，他本来是可以成为一名演员的。可是和这谜一般的碑文联系起来，在我看来他现在几乎是以不朽者的身份出现的。仿佛他在夜里躺在贝娜德特身旁的墓穴里，而在白天则干着一些恶作剧的把戏——德古拉正是如此，白天乖乖地躺在自己的棺材里，只在夜里袭击他的牺牲者。

[1] 十九世纪英国作家布拉姆·斯托克所著小说《德古拉》中的吸血鬼之王，其作为吸血鬼的代表曾在多部描写吸血鬼的影片中出现。

03

深入狼窝

过了一个多星期，我才振作精神，又去探望沃尔夫拉姆。在此期间，我搞明白了，将我们联系在一起的不只是当时的职业：尽管我们的工作地点位于邻近的黑森州小镇，但当时团队里唯有我们俩居住在魏因海姆。虽然如此，但我们彼此从未接送过对方。每个人都驾驶自己的汽车到市立图书馆。有时我超了沃尔夫拉姆的车，还按喇叭，而他则独自发出突突声地驶过。此外，我们俩没有孩子都是情非所愿。

我二十二岁结婚时，丈夫说我们可以暂缓考虑生儿育女之事。我们俩都很年轻，把钱存起来准备购置我们认为当时急需的各种各样物品上面。我服用避孕药，这在那个时代并非理所当然，往往和令人不快的副作用相连。当时，激素类避孕药原则上是不能出售给单身女性的，因为国家不想助长不道德行为的发生。而我却真的已经停泊在了婚姻的港湾里。可是就连同居的情侣们也在千方百计搞到医生提供的样品或者一张处方。通奸条款不久被取消，而且一场静悄悄的革命将改变这个国家：违背本意生下的孩子越来越少，年轻情侣们可以选择同居，不受干扰，不必担心。

不管怎么说，作为新婚女子我每天早上刷完牙咬牙切齿地服用激素类避孕药，即便没有怀孕，人也明显更胖了。几年后我稍稍怀疑丈夫有了外遇，可我不想拿无根无据的醋心大发纠缠他，宁肯选择沉默以对。直至有人偷偷告诉我，他搞大了女友肚子，我才和他吵翻天，当即提出和他离婚。

虽然希望自己有孩子，可到最后还是为没有孩子而释然了。我丈夫也欺骗了他的第二任妻子，后来和他的第三任夫人离了婚，不得不为他三次婚姻中的四个儿子支付生活费用。

在勉强接受自己的单身生活多时之后，我却开始妒忌我哥哥拥有一个大家庭。他虽然生活在加拿大的多伦多，那个地方我还从未去过，可他每隔两年回一次欧洲，首先是为了向我展示他六个金发碧眼的最最可爱的孙辈的照片。沃尔夫拉姆也无法拿孙辈炫耀，可他在年轻的读者中有几个朋友，他们可以在他的办公室里找到他，没完没了地扯些他们的阅读书目。或许他是以此来弥补自己痛苦的空虚生活吧，而我和那位年轻得多的女同事很谈得来，因而不需要找些陌生孩子交流。一天下午，时间尚早，我鼓起全部勇气，终于站在沃尔夫拉姆的家门口，而现在，门又一次被神速地打开了。

“嗨，卡拉，我几乎在盼着你来呢！”他说。不过这次他并没有穿圆高领套衫和牛仔裤，而是穿了一套运动服，穿在他身上晃里晃荡，衣服上面污迹斑斑，散发出一股酸溜溜的味道。可我并没有让自己慌了手脚。我在心里默默地计算着从门厅到客厅的每一步。用脏了的碗碟搁在客厅的桌子上，书籍在沙发上堆得到处都是。沃尔夫拉姆急忙从沙发上清理掉几件衣服，请我入座。

“我当然一直在担心着呢，”我开始说道，悄悄地扫了一眼四周，“我在问自己，你在身患重病时是否没有人照料还能应付得过去。我很想帮你，比如我可以为你购物……”

“好呀，好呀，”他说，“我自己也意识到，我的好日子不会有很长时间了。虽然我有一个打扫卫生的钟点女工，但这个已经不够。我现在每迈出一步都觉得越来越艰难。”

“你的饭菜怎么弄？”我问。

他说目前是由药房向他提供宇航员食品。他现在都没法走到地下室的洗衣机那里去，因此他的干净衣服早就没有了存货。至少临终关怀医院已经答应，如果他生活无法自理，可以随时搬进去住。

“可恰恰这一点成了我的问题，”他说，“我讨厌那些设有镇痛病房的医院，甚至也讨厌我的家庭医生推荐给我的那种热情友好的临终关怀医院。我真的更愿意死在家里。如果你能给我提供你的支持，我会表示感激。就我所知，你卖掉了你的汽车，而我反正也不会用到它了。你完全可以随意使用我的汽车去办你的事和我的事，你也可以把我的衣服送到洗衣店，或者给我去取药。不会让你吃亏的！”

我当然保证道，对一个前同事伸出援手，这可是不言而喻的事。

“不，”他说，“你没有真正理解我的意思。只要你确保我不进医院，你得到的遗产将不止四分之一，而是我的一半——”

“不知道你的房产值多少钱，”我竟然脱口而出道，因为我绝对不想指望任何的空头支票，“你究竟立下了遗嘱没有？”

“我们终于言归正传了，”沃尔夫拉姆说道，似乎完全没有生我的言辞冒失的气。“我是这么想的：我起草了三份不同的遗嘱，然后打印出来让你看。只要你选择了其中的一份遗嘱，那我就用我的旧水笔把它誊写清楚，加上最新的日期，并签上名字。在我的第一份遗嘱草稿中，如果你负责墓地的护理、墓碑包括碑文，那你就可以得到我的财产的四分之一，在第二份遗嘱中我考虑到这样的情况，你只要尽力不让我进医院的话，你就可以得到一半的财产。”

那么第三份遗嘱呢？他做了一个漫长的停顿，我开始怀疑起来。

他始终不说话。我打量起那些枯死的盆栽植物。

“这里涉及禁忌问题，”他终于说道，“如果你帮我的忙，然后杀死我，你将成为我的唯一遗产继承人。”

我不知所措地凝视他几秒钟之久，然后仿佛被毒蛛蜇着了似的忽地一跃而起，沙发那里顿时扬起一片尘埃，它们在落地灯那昏暗的一束光线下来回飞舞。

“你疯了吗？”我怒吼道，“你难道以为我喜欢在班房里继承你的遗产吗？”

我连告别都没说一声，径自跑了出去，完全忘记其实本来想考察一下厨房和浴室，估摸一下院子的大小，再问一下房间的数量。

他一直跟我走到门口，在我身后嚷道："这不是你做出的最终决定！"

走在回家路上我在想，也许沃尔夫拉姆脑瘤转移了吧。也许他服用了鸦片制剂，因而产生了强烈的幻想。如果他一定要结束自己的生命，那么他应该自己鼓起勇气，而不是偏偏通过我达成他的目的！我没有搭乘公共汽车，而是从不怎么热闹的曼海姆大街一直走到西区的那幢高层楼房，我已经在那里一个没有阳台的屋子里住了好久了。我同事肯普纳的情况要好得多，他有庭院、露台以及宁静的环境，尽管面对狠毒的贝娜德特，他的日子也并不好受。此外，我后来逮住了他致命的思维错误：我如何在他去世后递交一份遗嘱，而我在这份遗嘱中以书面形式被指称为他的谋杀犯，却又同时受到庇护呢？另一方面，我回想起成为自杀的同谋并非犯罪行为。可他为何不直接到国外去呢？我真想又一次打自己的耳光，因为我并没有保持沉着冷静。为何我没有建议他找个专业杀手问问呢？他的房产的一半价值足够我花的了，这也毕竟不容小觑。我带着伤痛回到了家，重新生起自己的气来：为什么我没拿车钥匙和行驶证，然后驾车回来呢？

恐怕我不算是一个有天赋的厨师吧，因为退休之后我才开始在灶头上研究新的食谱和实验。研究之后的结果虽然可圈可点，但我还不敢为众多的食客做饭，最喜欢只做给两个人吃。我邀请尤迪特上我家吃晚饭，不过周末她没有空。其实我无所谓她周三或是周四过来，最主要的是，我可以跟我唯一的知情人说说我和沃尔夫拉姆之间的第二次奇特会面。

尤迪特是一个吃货，她必须提防自己不能每年胖上几磅。野莴苣配上甜菜，面食配上香草、醋制刺山柑花蕾和胡桃，羊肉咖喱配上圆面包，然后摩卡甜食作为餐后点心，这都很合她的胃口。她差一点儿就把盘中物舔得干干净净了。等到她吃完我才跟她说起第二次去海狸街的经历。她凝神谛听。

“问题出在哪儿？”她问道，用她的餐巾轻轻擦去咖喱汁。“你递给他一杯水，杯子里放着已被溶解的安眠药。对安乐死大肆张扬的人也不会干出更与众不同的事情来！如果他在一封手写的绝命书中宣布自杀，那一切就不在话下了。”

“可是他为何需要我的帮助呢？难道不明白谁都不会愿意的吗？”

尤迪特皱起了眉头。“我们必须在准备阶段收集好足够的药物，让他在康复性的打盹之后不会重新醒来！最好是，我们俩让家庭医生开一个治疗严重睡眠障碍的私人药方，之后再让另一个家庭医生开一个药方，如此反复，我们就能在不同的药房买到这种药。从逻辑上看，花在沃尔夫拉姆身上不会白白浪费……”

“可惜对他提出的建议我的火气很大，以至于仓促之下离开了他。我以为他疯了，想把我搅入非法的阴谋诡计之中！”

“别激动，冷静些！”尤迪特逗我开心道，“没有禁止这种结束生命的方式，而且沃尔夫拉姆出现这样的情况倒是可以理解的。给他提供帮助是一种表达怜悯之心的行为。”

“有可能吧，不过说实话，我不是特蕾莎修女，而是一直渴望得到他的大房子。如果我为他出去购物，那辆车我现在也可以用。从某个方面看，他是在用物质刺激引诱我，这是很不道德的！”

“纯粹是歌德《浮士德》中的魔鬼靡菲斯特，是我们的狼。”尤迪特讥讽道。

一谈起文学，我可以在她面前炫耀一番。“只要有人杀死阿尔弗雷德·伊尔，我就给居仑十亿巨款。”我引用迪伦马特[1]《老妇还乡》中的句子。

尤迪特没有做出回应，她不可能把不适合图书管理员看的书都看了。事实上她一直只沉浸在最新出版的侦探小说上。

“这个无济于事，卡拉，你必须深入狼窝才行！这一次你别那么扭扭捏捏了，不是马上灰心丧气，而是赶紧行动起来！你必须弄清楚那房子值多少钱，这家伙是否还有其他家产，他究竟想何时死，等等等等！”

“好像这事挺简单似的！你还年轻，喜欢冒险，我感到尤其难以胜任看望单身男子这件事！”

“没事，卡拉，我也不是二十岁的姑娘了！但是如果你愿意，我可以陪你过去。不过这只恶狼只相信你，却不相信我。”

---

[1] Friedrich Duerrenmatt（1921—1990）瑞士德语作家、剧作家和画家。创作过《老妇还乡》《物理学家》等名作。

更确切地说，沃尔夫拉姆是一只害羞的狍子而不是狼，我想道，可他扮作德古拉的模样，却完全令人毛骨悚然。“化身博士[1]！”我喃喃道，尤迪特根本不明白我在说什么。

尤迪特很晚才告辞，尽管喝了不止一杯酒，她还是进了自己的汽车里。我也稍稍有点醉了，和她拥抱着告别，在她耳旁轻轻说道，她是我亲密的同伙，将和我一起分享收益。直到将杯盘等餐具放入洗碗机，穿上了一件暖和的家居衣服，并且在电视机前的沙发上坐下时，我才陷入沉思。我们像青少年那样咯咯笑个不停。我连自己都感到惊讶，竟然还有这种能力。在我的学生时代，我在上课期间不止一次地被罚站在门口，由于我和我的女同桌因为没完没了的狂笑全身都在抖动。那个女老师说，等我们俩安静下来再进教室。令人惊奇的是，我们自己都不知道为什么会愚蠢无聊地咯咯发笑。我们为此稍稍感到羞愧。那天晚上之后我也有类似的感觉，因为将一个同事送到彼岸世界，毕竟远不是有趣的事。

我的同事大约比我大四岁。那么事实上，谁再继承我的遗产呢？我的哥哥也不会长生不老。他的加拿大儿孙们最终将拥有沃尔夫拉姆的房子，然后廉价变卖，因为他们对这里的房价一无所知。倘若我也立上一份遗嘱，特别是给尤迪特留下一点

---

1 英国著名作家罗伯特·路易斯·史蒂文森的一部科幻小说。书中讲述杰克喝了一种试验用的药剂，在晚上化身成邪恶的海德先生四处作恶，终日徘徊在善恶之间，最终因不堪忍受心灵的谴责，服下剧毒药剂自杀。

遗产，那不是很有意义吗？我那三位女同学都不是穷人，我只想给她们留下几件个人纪念物。当我多愁伤感地想着我祖辈的维也纳壁钟留给谁，收集了数十年的岛屿出版社袖珍书籍留给谁时，我的眼泪不禁汩汩直流，最后我疲倦得打起了瞌睡。

我梦见了格林童话《小红帽》的版本：那只狼潜伏在昏暗的针叶林里，可是小卡拉并不是孤身一人，而是由她勇敢的女友尤迪特陪伴着，尤迪特向那头猛兽扔了几小块生羊肉，使它暂时平静了下来。她对我低声道，她把灭鼠药放进肉里了，我们第二天可以放心地找到狼窝，了解那里究竟有多少女孩的尸体。

04

脏衣服

第二天上午九点，电话铃声把我吵醒。我睡眼惺忪地去接电话。

“早上好，我知道你是个早起的人，”沃尔夫拉姆说，“因此我很想请你给我买些东西。然后你可以把我的车子放在你家里。此外，我已经打印了三份草稿。”

“我回头过来一趟，”我不明确地说道，“你可以在此之前写好购物清单。大约中午时分我可以上你家里，但我必须乘坐公共汽车出门。”

“将来你就没这个必要了，”他说，“谢谢你。”

我喝了一杯咖啡才去浴室间。我已经好几年没有自己驾车了。据说游泳和骑车永远不会荒废，可是驾驶一辆陌生的车子，能成吗？

两小时后，我等在沃尔夫拉姆的家门口，心又开始扑扑地跳起来。当他终于站在我面前，我想到的只是：我的老天哪，他看起来多么糟糕，他肯定活不长了！可是，沃尔夫拉姆听话地完成了他的任务，拿出了一份长长的清单。

“你最好到北区给我买所有的东西，那里的超市总能找得到停车位，”他开始说道，“只要我提出请求，药房会把我的药物送到我家里，但你反正也是顺路过来。我上一次购物是你到我这里吃早点的时候，所以我需要很多的东西——所有的一切我都列在纸条上了，另外现在到了亟须清洗衣物的时候了。对了，我差点儿忘了，我身上几乎没有现金了。我给你一张支票，你马上可以在艾德卡超市后面找到银行分理处。”

“你那辆高尔夫车一直还在吗？”我问道，“要洗的衣物在哪里？”

他让我到二楼的浴室间去，我在淋浴的浴盆里看到了一大堆脏衣物，决定将其中的绝大多数塞入洗衣机。沃尔夫拉姆有点尴尬地拒绝道，他并不想对我提出过高要求。可我只是同情地微笑着，将内衣、睡衣和毛巾同羊毛类衣物分开，然后寻找地下室门。洗衣机，包括烘干机应该就摆在第一个房间里。

往楼下去的楼梯很陡，可以看出他是怕楼梯的。相比之下我还可以好好地走路下去，终于有机会可以稍稍四面张望一下，即便只是在地下室那一层。洗衣机操作起来不难，我把它调到九十度的位置。我想道，现在我到了狼的王国，几乎和昨天的梦里一模一样，然后害怕地打开通往另一个狼窝的大门，那里很可能藏有人的几块骨头。然而，这只是一个很大的业余爱好者小作坊：一个工作台，很多的台架，不同的钻床，以及小心翼翼挂起的电缆线。好几个放置破烂杂物的储藏室彼此相连。其中一个储藏室里摆满了各种各样的电器废料、被扔掉的厨房用具、收音机、电脑以及一只老旧的电视机。另外一个小房间里收集的都是密封大口瓶，有几只瓶子里还装满了不明糊状物。几瓶空的和很多瓶未开封的葡萄酒存放在一个货架上。我可以从这里看到狭窄的车棚和那辆停歪的高尔夫车。

“我已经好久没有到过地下世界了，”沃尔夫拉姆在我回到楼上时说道，“那里肯定格外脏。在我们家做了多年的帮工目前在葡萄牙，她跟那里一个中年鳏夫同乡结了婚。她下周回来——至少她是这么答应的！”

但愿如此吧，我想道，我不想为了世上所有的金钱做他的清洁女工。他当面交给我那张购物清单、车辆行驶证、车钥匙、一份包括吗啡膏药和三种不同药物的处方、那张银行卡以及一张填写过并且已经签了名的银行支票，我提着那只洗涤的袋子，第二次沿着陡峭的地下室楼梯爬下去，好开着那辆高尔夫车出门。在建造那栋别墅的时代，人们顶多拥有马车，很多年之后才建起简陋的车库，把屋顶作为阳台使用。我打开高耸的绿色双扇门，试验性地坐在驾驶座上，又重新下车，打开侧视镜。我从狭窄的囚室里开车出去，非常缓慢地，额头上冒着汗，可后来才发现原来油箱里几乎没油了。

那就先到银行取款，然后加油，再然后去药房，最后到超市。等到我处理完所有的一切，那些衣服或许已经洗好，那我就可以把它们塞进烘干机里。我觉得自己好像一个听话的家庭主妇，让她的有钱丈夫没有了后顾之忧。我这辈子还从未抢着去做这样的事情，可是，一个人不是为了钱才去做这一切吗？我提前退休拿到的退休金现在买不起多少东西了。

因为和钱相关，我可得把沃尔夫拉姆的账单打印出来；他的活期存款账户上大约有一万欧元，我只要取出三千。直到重新坐到车里，我才浏览一下那些存取结单。他的退休金要比我的高得多，可我既没有找到定期转账业务，也没有发现任何扣款，这个人已经好久不需要现金了，也就是说他家里一定有金库。这里的钱不可能是全部！他肯定通过简便操作把贝娜德特的财产转成定期存款了。要么他家保险柜里有几块金条，或者在另外一家银行有另外一个账户。

我对高油价感到恼火，我取回了药物，在超市里花了很多时间，检查冷冻的成品是否适合放入微波炉加热。我只是希望他家里有微波炉。办完事后，我无论如何要看看他家的厨房，也许还要瞧瞧其他房间。我决定今天给他准备配上奶油沙司的鸡肉宽面条。这道饭菜不难做。趁衣服在烘干机里飞旋时，如果有必要我可以在平底锅里给饭菜加一下热。然后我想终于可以坐在这辆他送我的性能依然完好的车里开车回家。这辆车三年前经贝娜德特·肯普纳允准后归入沃尔夫拉姆之手，或许现在我们仍可以改变它的归属。

超市是大家交流接触的绝佳平台，人们将许多供求信息的纸条贴到黑色公告栏上，有人在寻找丢失的猫，有人找到了一只运动拖包。母亲们带着爱哭爱闹的小孩围聚在一起，谈论哪家幼儿园最好。家庭主妇们交流彼此的厨艺，退休老人们从面包房的售货员那里买上一杯咖啡，在临近的办公室里上班的职员要上一份三明治。从附近学校里走出来好几个女孩子，她们手里拿着一张购物清单，比我的还要长，她们要为烹饪课准备烹饪食材。一名女子对她的女友说，兰花越来越便宜了，两年后可以放心地清理掉，遇到好价钱时就买上几株新的植物。两位老人站在他们的助行器旁边，在闲聊一个矫形外科医生马虎了事。因为我一直在西区购物，所有这些人我还从没有遇见过，可看来他们绝大多数人都彼此相识。简直就像在乡村里一样，我想道，在北区大家也都认识沃尔夫拉姆和他的大众车。

车钥匙上还有一把钥匙在晃动，上面标明为海狸街 19 号。于是我把装满东西的购物袋先放在大楼门口，没有敲门，而是直接用钥匙打开大门。我站在过道里凝神谛听。平・克劳斯贝[1]和一个合唱队一起唱着一首忧伤的圣歌：

我闯荡的所有世界伤感而阴郁，
哦，玛利亚，远离父老乡亲
我的心已渐渐厌倦。

---

[1] Bing Crosby（1903—1977）美国艺人，集超级歌星、超级笑星、超级影星于一体，连续十四年被评选为全美十大明星之一。《史瓦尼河》是美国作曲家斯蒂芬・柯林斯・福斯特（1826—1864）创作的名曲，又名《故乡的亲人》。

我大声嚷道：“我回来啦！”然后推开客厅的门。

沃尔夫拉姆躺在客厅的沙发上，用手绢轻轻擦拭自己的眼睛，从沙发上坐起来，关上激光唱机的声音。“《史瓦尼河》，”他喃喃道，“所有的事情你都办成了吗？”

“那当然！不过我先得把食品搁到冰箱里去。”我说，重新走到过道，随意地打开一道门，站在一间异常宽敞的厨房里。炉灶是唯一现代化的用具，铮亮的“赛朗”牌电磁炉几乎是崭新的。旧地砖很漂亮，相当需要适应的是淡黄色的丽盛板壁墙，感到亲切的是那许多古老的锅、壶以及蓝色搪瓷碗，它们仿佛全都被排列在用来装饰的玩具娃娃厨房里。在一张摇摇晃晃的庭院桌正中央摆着一只微波炉，迄今为止沃尔夫拉姆还没有为它找到一个更合适的位置，既没有兴趣也没有精力。那台旧冰箱耗电吓人，就像美国电视剧里看到的那种超大的。所有买来的冷冻包装的东西我都放进了空荡荡的冰箱冷冻柜里。终于，我用脚步丈量整个厨房的长度和宽度，约莫有三十平方米，然后匆忙探出窗外望着那野草丛生的院子。那恣意疯长的常春藤让人想起墓地。

“你喜欢吃点热的东西吗？”就在我急急忙忙回到房间时，我仓促地问道，“现在一切不会有问题了，趁微波炉在工作，我可以看看衣服洗得怎样了。”

沃尔夫拉姆感激地点点头。我怕自己忘记，将钞票和发票一张一张地摆在长沙发茶几上，将药物搁到旁边，又急忙回到厨房给熟菜加热。这时候衣服洗完了，我把它们全部塞进烘干机里，然后把饭菜端上来。

至少不能说我的搭伙人像一只饿狼，因为这位病人在面条里拨弄着，只吃了几小口，然后温文尔雅地问我是否愿意陪他一起吃点儿。我拿来一只盘子，吃光了这份淡而无味的面条的绝大部分。可忽然之间，在完成所有非比寻常的安排之后，一阵沉重的疲惫感向我袭来。

我们并没有坐在餐桌旁，而是有气无力地坐在弹簧垫沙发椅上吃的饭。当我突然被自己响亮的鼾声惊醒时，我感到相当难堪。我睁开眼睛，瞬息之间都完全不知道自己身在何处，就像看到一个火星人那样盯着沃尔夫拉姆看。

他微微一笑。“我们大概两个人都打了会儿盹。”他简短地说，看了看表。

时间过去了多久，我不知道。无论如何我得急着上厕所了。我本来想尽快回家，可现在我也可以从烘干机里取出洗好的衣物，放入上面的衣橱里。

“恰恰就在这个房间上面，装进那只大的壁橱里。”我的老板说。

看来沃尔夫拉姆这段时间一直睡在贝娜德特之前睡的卧室里，至少那个有花纹图案的裱糊纸看起来就是如此。那张双人床上配上了棉床罩，那里面用棉絮做衬填，上面有普罗旺斯图案，几乎给人一种少女般温柔的印象。床头柜上放着一瓶矿泉水，矿泉水旁边是好几种包装的药物。房间中央一张实木桌子仿佛一个闯入者，好多报纸在桌上摊开着。我把它们卷起来放到淡紫色的地毯上。我把装满了衣服的塑料盆放到桌上，将烘干的衣服叠起和分类。

内衣占了绝大部分。就在拣出第一条很大的内裤时我就愣住了，因为我觉得这条内裤和墙上的散花图案一样呈女性色调。看到标签时我很惊讶：长裤，100% 纯棉，尺寸 50。类似的品种还有很多，甚至粉红色或者橙红色的都有。

可怜的家伙，我想道，他已经没有自己的内裤了，万不得已就穿上了亡妻的短衬裤。从这样的尺码可以推断出，贝娜德特·肯普纳一定是一个相当高大的人。我还没有发现她的照片，此刻好奇地环视四周，甚至还拉开床头柜的抽屉，可还是没找到。我不想无休无止地在这件事上耽误时间，于是开始把洗干净的衣物装满白色耐磨清漆壁橱的格层，可看到那里还有那么多干净的男式三角裤时，我还是有点不知所措。我想，他想要再次亲近妻子的方式是多么独特呀！我一定要跟尤迪特说说这事，她肯定会笑死。

不久，我终于想告辞了，可到最后还是有点虚情假意地问道："很遗憾我从没有认识过你的太太。她究竟长什么模样？"

沃尔夫拉姆若有所思地打量我，说道："和你完全不一样。"然后把手伸到后面，从一只沙发靠垫下面抽出一张有相框的照片，迟疑地递给我。这想必是一张旧照片，因为照片中的女人看起来才五十岁的样子。可惜照片显示的不是整个人，而只有从头到胸的位置。

贝娜德特穿着低开领衣服，一缕缕头发被染成了金黄，她有着红润的肤色，灰色的眼睛，大嘴巴周围露出一丝调皮的微笑，可以确定无疑的是，她曾经也是鲁本斯画笔下的美女。不过她那时就有了丰满的双下巴以及明显的吝啬鬼面颊。

“一个富有魅力的女人，”我彬彬有礼地说，“你为何不把这张照片重新挂到墙上呢？”

“有时我要从近处看她，”沃尔夫拉姆说，“不过你尽管重新把它挂上去好了，”说完指了指餐具柜上方的一只空钉子。“还是请你把那些草稿带走吧，你好好通读一遍。”

他递给我一张A4纸大小的信封，于是我离开了他家。

当我终于坐在我的新车，并且自豪地驾车回家时，我不得不一再想起贝娜德特的照片。我们真的彼此长得完全不相像。我那铁丝般的灰白短发，正如我的金属丝框架眼镜以及我有点棱角的面形，赋予我某种男性气质。尤迪特外表丰满滋润，有着金黄色的粗大辫子，这些都和沃尔夫拉姆的亡妻形象更为接近，她嘴角也流露出一种无礼的笑容，她还有着粉红色的肌肤。和我稍显淡黄的皮肤不同。

是否我的前同事恰恰是因为差异才如此赏识我呢？毕竟，假若他因为我帮了一些小忙而要把大部分的遗产托付给我的话，那么这就是对同情的绝妙证明。我回到家，从后备厢里取出我给自己购买的东西，才发现那只清洗袋，我竟然完全把这事给忘了。

05

第三份遗嘱

正如沃尔夫拉姆·肯普纳告知我的那样，他打印了三份遗嘱草稿，他指定了一名他很熟悉的律师作为他的遗嘱执行人。我全神贯注地研究第一份遗嘱，对这份遗嘱我绝对没有任何反对的理由。沃尔夫拉姆去世后，我将负责他的葬礼、墓碑包括碑文以及墓碑维护，为此将获得四分之一的遗产。他剩下的遗产将落入一家临终关怀医院之手。

第二份遗嘱也没有任何意外。这份遗嘱中另外要求，我应该在家里关心和照顾遗赠人直至他去世，为此将获得一半的财产。而我好奇的则是第三份遗嘱，可马上发现，这里的一个简短的段落仅仅是用一支细铅笔输入的。第一份和第二份遗嘱的要求继续有效，可是我——卡拉·品特作为全部财产的唯一继承人，只有当……

我皱着眉头继续往下念：……只有当品特太太主动引导我

结束生命，不过要满足下列条件，即由我自己确定死亡时间、死亡地点以及死亡方式。

全是副词状语，用很多附加条款来限制，却又说得不明不白。沃尔夫拉姆如何设想自己的最后时刻？这一时刻是可以理解的：我不应该今天晚上就把他干掉，而是要等到他觉得不能再拖了才了结这事。地点呢？可能就是自己床上，因为他不愿意死在医院或者临终关怀医院。死亡方式呢？确定无疑的是，他想要在没有受到折磨的情况下温柔地死去——那就要使用安眠药。这一切本来就没那么糟糕；难道我最好还是应该选择第三种方案，并由此成为一份颇为可观的遗产的唯一继承人吗？当我欣喜地意识到这种意外之财意味着什么时，我重新开始哼唱起了《假如我是一个有钱人》那首歌曲的最后一段："主啊，你创造了狮子和羔羊。告诉我，为何我要走进羔羊们中间！要是我成了有钱人，那真的有违你的计划吗？"

我乐不可支地打电话给尤迪特。"你现在刚好忙着吗？你是一个人吗？我是否打搅你呀，我有激动人心的消息——"

"我给你打过去。"尤迪特简短地说。难道我听到电话那头一声轻轻的然而又是气恼的叹息了吗？

一直到了晚上很晚了，我还不得不期待得到她的音讯。可渐渐地，我变得更平静了，越来越沉思起来。我的这位老书迷在这条附加条款里想到了什么？一旦遇到这种如此有违道德的协议，他的律师是否会不承认整个遗嘱？我务必要把这一切和沃尔夫拉姆说清楚，而且我要让他详细解释我的任务究竟是什么。如果第三份遗嘱真的行不通，那么我至少可以无忧无虑地接受第二份遗嘱。尤迪特终于打来了电话，我们相约第二天在尤迪特家吃早餐，因为我很想向她展示我的汽车。才早上八点，离图书馆开门还有两小时时间。尤迪特在餐桌上准备了两杯拿铁玛奇朵、黄油和蜂蜜，还给小面包加热了。之前我并没有经常上她家去，每次总是替她稍稍感到可惜，因为她的小居室里塞满了祖传的家具和从跳蚤市场上买来的各种各样物品，人简直没法动弹。今天房间里闻到了咖啡的清香味，未整理的床铺难以让人提起精神，脏兮兮的餐具在很小的厨房里已经堆积如山，可是一束五颜六色的郁金香花在桌子上闪烁着。真是可爱的混乱呀，我几近钦佩地想道。我不能容忍家里乱七八糟的景象，有时也对自己几近达到强迫症的喜欢整洁感到愤怒。

我给她看那只装着遗嘱的透明文件袋，她开始聚精会神地研究起遗嘱来。

“那一定！”她说道，“我们自然要的是第三份遗嘱！不过你还得稍稍给那只狼施加一点压力：他应该留下一封绝命书，在一份单独的文件里而绝不能在正式的遗嘱中列出他的特别条件。而且我们俩应该宁愿今天而不是明天开始行动起来采购安眠药！”

“可要是这个人根本没有病入膏肓呢？如果我得多年照料和宠爱他，直至我自己都变得老态龙钟，根本无法享受我的财富了呢？”

尤迪特咧嘴冷笑道：“遇到这种小游戏，虽然存在少量的剩余风险，但只要想想高盈利的概率，这种投入相比而言还是很小。”

她还稍稍说了几句新上司和那个蛮横的房屋管理员的闲话，又和我起劲地谈起她刚看过的一部侦探小说。然后我们俩出发了，她到图书馆去，我呢，先到洗衣店，然后到我的新老板那里。

看到我来了，沃尔夫拉姆显然很高兴。他没料到我那么早就过去，想亲手给我另冲一杯咖啡，可我没要。

“你看过我那三份草稿了吗？”他问。我点点头然后解释说，我对第一份和第二份遗嘱并无任何异议，但对第三份遗嘱还没有完全弄明白。

“我当然明白，你是想自己确定死亡日期，想死在自己的床上。而对这种方式，我想到的是你处在深度睡眠中，做着美梦，再也没醒来——或者你指的是另外一种方式吗？可是你不必在遗嘱中提到我参与了你的安乐死，否则会给人一种印象，我是因为看上了你的钱财才除掉你的……”

“我也想到了这一点。我会留下一封信，说明我自愿选择自杀。”

“对不起，可是你为何需要一个帮凶呢？你不是直接可以到国外——”

“我已经没有力气了。”他打断我的话。然后他沉默了一会儿，若有所思地来回摇头，直至重新开始说话。“你瞧，卡拉，我确实是要从我的财产中拿出一些来。因此作为对策我想有所得。贝娜德特痛苦地去世之后，我饱受罪责的折磨，与此同时我又极度担心死亡。我希望亡妻严惩我。你可以作为她的代表行使权利。或许你应该戴上金黄色假发或者类似的模样。”

我不由得哈哈一笑，可看到他无比忧伤的眼睛时，我才渐渐明白他不是在开玩笑。

沃尔夫拉姆不是一个有魅力的男人。生病之后，他的形象并没有变得更好，他看起来有点黏糊糊的，身上有股空肚子的味道。我总是匆匆地把手递给他，彼此拥抱或者亲吻脸颊并不适合我们俩。仅仅想象可能得陪他去上厕所，我都感到毛骨悚然。做饭、购物、收拾、洗衣，这一切都是可行的，可是戴着金色假发扮演他的妻子，这超出了我的能力范围。我有点胆怯地看着他，摇摇头。

“我为何要拐弯抹角地跟你啰嗦半天呢？”沃尔夫拉姆继续说，“其实我很想被你掐死！”

难道我听错了吗？我张开嘴巴直视他，他却在继续解释他的请求：“作为文学专家，你无疑知道这种‘游戏的围巾’。这在法国曾经是一种时尚……贝娜德特有时弯下腰面对我，用她那双大手掐住我的脖子。那是我一生中最美妙的瞬间。或许我可以将这种舒服的瞬间和有用的瞬间连结起来，而我就在愉快地失去知觉中死去……”

我因为尴尬面孔涨得通红，性变态并不是我擅长的领域。我最好还是立即退出整个故事。

“我很抱歉！”我朝他斥责道，没能努力做到冷静客观，“这超出了我的理解能力！即便是给你一杯毒药，我也无法做到！你真的相信，我会扮作贝娜德特，去掐住一个受人尊敬的同事的咽喉吗？除此之外，即便是可怕的想象，也是一种犯罪行为。就算有绝命书，也无济于事！”

“就我所知，帮助他人自杀并不违法，”沃尔夫拉姆怯怯地说道，“你再考虑一下吧。为何我自己都不能支配我的生命，给自己一个舒适的死亡方式呢？”

我站起来。“不！”我说，“你另请高明吧！你是没法收买我的。我要把汽车重新放回车棚去吗？”

“你尽可以留着，我真的用不上它了。”沃尔夫拉姆说，开始令人心碎地抽噎起来。他如此不知所措，我不愿意丢下他不管。于是我站在门口，不确定地问，是否我还能为他做些什么。

他马上又恢复了内心的平静。

“如果你能找出我的眼镜，那就真的太好不过了，我太虚弱了，没办法满世界地寻找。不过你还是先坐下来，我们应该彼此好好谈一谈，完全放松地，理智地。你不想作为谋杀犯坐牢，这一点我太能理解了，这也绝不是我的本意。相反，我是希望你过得好，你可以舒适地安享你的晚年，因为你肯定没有过上过轻松的日子。”

他为什么想要知道这个？我从没有抱怨过我的生活。我对他如何设想这一点，带着违抗的心理，不过也有点好奇，我坐到了沙发上，想以外交辞令尝试一下。

“沃尔夫拉姆，就你的婚姻而言，你和贝娜德特之间可能存在某种情况，它们和任何人毫无关系。我始终认为，两个人既然找到了一个不寻常的又是令双方满意的同居形式，就不必以占据主导的道德观为榜样。可我和贝娜德特不一样，外观上没有，本质上也不是。”

“这自然没错，”他说，“可是你和我们当时团队里一个年轻漂亮的姑娘是好朋友，她还从没有用正眼瞧过我。”

“尤迪特已经三十岁，不再是十八九岁的姑娘，”我纠正他的话，“可是你为何要在这个关头提到她呢？”

“她长得像我太太年轻时的样子，”他说，“也许我们应该向她透露这个秘密。”

我当然不会说出尤迪特早就是我的盟友的事实，假惺惺地问道，是否哪天我应该完全不承担义务地带她过来一次。“不管遇到什么任务，我真的可以请她支持我……”

沃尔夫拉姆露出一张幸福无比的面孔。“如果你们可以把我的床搬到楼下去，那就太好了！我的恐惧与日俱增，我完全可能从楼梯上坠落下去，我不是越来越年老体弱了吗？你只有在她的帮助下才能把床扛下去。”

我对他古怪的提议所产生的愤怒迅速消散了。一旦尤迪特完全正式地参与这一游戏，也许我要冒更多的风险了。“我这就去找那副眼镜，再看下房间，想想怎样搬床才能安排得最好，”我说，“请你待在原地别动，我一个人可以对付。”

我几乎和尤迪特一样好奇，我想道，现在我终于可以仔细检查这栋房子里的所有空间了。我首先来到从前的男主人卧室，如今他已经换到贝娜德特的那间小起居室里去住了。它直接位于房屋的正面，受道路噪音的影响最大。这里没有雕花的裱糊纸，只有石灰白的墙壁，一张更确切地说是简陋的铁床，也没有铺设地毯，而是踩坏了的镶木地板。一面墙上是书橱，另一面被堵死的墙上是一只笨重的衣橱，里面依然塞满了贝娜德特的衣服。唯一的装饰品是一幅巨画，显然是一幅毕加索素描作品的拙劣放大版，可以从床的位置观赏到这幅画。床头柜上有一副眼镜，是那种医保可免费配送的镜架。我试验性地戴上眼镜再马上摘下。然后我更仔细地欣赏墙上的那幅画《躺着的裸女和戴着面具的男子》。

一名裸体女子仿佛一只母狮那样淫荡地舒展四肢躺在一条浴巾上，作为肉欲的形象呈现在看客面前。一名矮小而严肃的男子取下假面具，紧靠在她的床榻之后窥伺。由于那名模特在睡觉或者在假寐，那个隐蔽的观察者可以放心大胆地揭下面具，仔细打量这个有着一对豪乳的女子。他贪婪地盯着这个女子，她化过妆，像猫似的放下了涂上了指甲油的爪子。此外，那名男子举起他的面具就像举起一架照相机，堪比出卖新闻和照片的娱乐记者，以他的职业为由为自己的观淫癖做不在犯罪现场的证明。

一幅有趣的油画。对沃尔夫拉姆而言，看来贝娜德特不仅是一个贪婪而又毁灭了的母亲，而且也是一个富有诱惑力的白人女奴。

假若有人问我，沃尔夫拉姆家里的墙上挂着哪些画作，我就会赌上施皮茨韦格[1]的名字，说成是他的《书虫》或者是《穷

---

[1] Karl Spitzweg（1808—1885）德国画家。《穷诗人》和《书虫》为其代表作。

诗人》的油画。据说我们图书工作者都是与世隔绝、怪诞而又落伍之流。可在我的熟人圈里，唯有沃尔夫拉姆让人联想到驼子侏儒，在自己的理想国里过着隐居的生活。

现在我已经将这栋楼房的平面图相当清楚地印入脑海：每套居室均有三个大房间以及厨房和浴室。不仅是起居室，而且厨房和浴室也出奇的大；二楼没有单独的入口。遗憾的是，顶楼下面的第三套居室锁住了，可是除了斜墙和小窗户之外，其他的分布情况可能也类似。我粗略核算一下那栋楼房的居住面积几乎达到六百平方米。

由于两扇窗户前的冷杉树很高耸，二楼的第三个房间光线太少，看起来有点昏暗；它被用作这位女主人的熨烫间与手工室。贝娜德特在这里安放了一台缝纫与针织机，一只玻璃柜里装满了五颜六色的零头布、纽扣、纱线团以及毛线球，一只书架上摆满了烹饪书、指导类书籍以及服装裁剪纸样。在一个豪华的金边框里，我发现了吸血鬼、神话中的狼人以及其他毛骨悚然的万圣节恐怖夜的化妆服的草图。看来是她亲自设计并动手制作了沃尔夫拉姆的化装服。

实际上我在为这栋令人着迷的房子感到可惜。我想尤迪特可以住在底楼，我可以住在二楼。我可以把阁楼间出租出去，以支付日常开销，因为这么大的楼房肯定会耗费我很多的金钱。当然我还得对房子进行彻底修缮，还要让院子恢复院子的模样，为此肯定还要不知在哪儿花掉我的现金。

06

腰痛

“我已经有两年没见过这只狼了，”尤迪特在电话里说，“当他穿着那件黑色大翻领套头衫突出在写字台边上时，我小时候设想的那个勇敢无畏的尖鼻子小裁缝就跟他长着类似的模样。不过说实话，绝大多数时间我都没注意到他。”

“现在他几乎完全秃顶了，比之前还要瘦得多，大多穿着破旧的运动服，”我说，“他说你一直对他不屑一顾。”

“这也有他的原因。并非是我反对用钦佩的目光看他，”尤迪特说，“确实有些没有说出口的恭维话是人们乐意领受的——不仅来自年轻人，也包括来自老年男人，尤其包括女人。可这只狼用那种贪婪的目光盯着我看过两次，让我感到好害怕。”

“他自以为你长得和他的亡妻年轻时很相像。看来随着时间的流逝，她才慢慢变得肥胖起来。”

三十年后我也会变成这样，尤迪特叹息道。我们约定周六搬运家具。

在去海狸街的路上，我第一次和尤迪特谈起沃尔夫拉姆非常特别的死亡愿望。“我们可以奉送安眠药。他愿意被掐死，最好被你。”我说。

尤迪特突然哈哈大笑，结果被呛着了。“真的吗？别开愚蠢的玩笑！”

当她终于明白我们是在和一个不寻常的怪人打交道时，令人惊讶的是她并没有感到特别紧张不安，而是想着如何巧施计谋对付这个受虐狂。

“能搞到这么一栋楼，费点儿劲是值得的。我们得好好动点心思才能剥掉他的皮，但又不能弄脏我们的手指！”

要是有那么简单就好了，我想道。可是尤迪特内心沉静如水，仿佛从前歌德小说里的那个女水怪，不动声色地将一名渔夫拉入深渊。

“我在最近看的一本侦探小说里学到过，”尤迪特回忆道，“那种所谓的昏迷戏在青年人中非常普遍。沃尔夫拉姆可能和贝娜德特一起经历过类似的事。”

“经历过，那是有可能。可他现在真的不想再这么做了。”

“许多年轻人在玩这类小游戏时一命归西了。”她又说道。

“你倒是无所不知，”我惊叹道，“你究竟为何要做图书管理员呢？你要是刑警的话，可以派上大用场。电视里的女警察们也总是留着金黄色辫子。”

“高中毕业后我也想过这一点，可很遗憾行不通，因为曾经有过一次小小的前科。所以我才专心致志于侦探小说的阅读，并从中学到了不少东西。”

终于，我们站在了沃尔夫拉姆的别墅前，尤迪特几乎好奇得要命。她不安地在我耳畔偷偷说道：“把这睡美人的宫殿贱卖，真是好可惜……”

“我早就放弃了这个念头，”我咕哝道，然后翻找出大楼门钥匙，“你可有兴趣和我一起住在这里？”

“当然，我们一定要坚持把这事干到底。”她说，然后我们进了门。

电视机开着，沃尔夫拉姆正在沙发上打瞌睡。我一关上电视机，他马上惊醒了过来。他茫然地注视了我们一会儿，然后微微一笑。

“女士们光临寒舍，”他说，“真是蓬荜生辉呀！”

我们跟他握完手，询问他的健康状况之后，尤迪特马上问吸尘器在哪儿。她说自己是干粗活的女人。那个葡萄牙女帮工显然没有重新出现过。我和沃尔夫拉姆则走进厨房。

“你今天想吃什么？”我问，朝冰箱冷藏柜里看。“我们还有西班牙米饭、意大利乳酪酱汁蝴蝶面条以及比萨饼。周一我再去购物。”

“其实我只要一小份鸡蛋就够了，我现在吞咽很困难。不过我觉得你可以回炉重烤一下比萨饼，我们可以一起吃。”沃尔夫拉姆说，“贝娜德特今天看起来太美了，但她真的不用打扫卫生。”

“她不是贝娜德特，而是尤迪特，”我纠正他，“你难以劝阻她，她开车从来不拉手刹。”

就在这时候，精力充沛的尤迪特进来了，将一张捏成一团的纸条凑到沃尔夫拉姆的鼻子跟前。“在长沙发茶几下面找到的。是你的吗？”她问。

他摇摇头微笑着。那是二十世纪初去世的弗丽德里克·肯普纳[1]一首诗中的几行诗。他说因为觉得这诗很有趣就抄下了；他说自己也和这位女诗人沾点亲。尤迪特朗读起来：

桅杆和船帆在海上漂浮，
谁制造了这场暴风雨？
蛇在乌云之中，
也在死去的红色小蠕虫之中？

我和尤迪特交换了一下眼色。最后她说道：“我得继续吸尘去了。”说完便消失不见了。

厨房里几乎平静了一会儿，只听到隔壁房间吸尘器和冰箱的嗡嗡作响声。我擦了擦桌子，启动烤炉，顺便问道：“这位弗丽德里克·肯普纳是——如果我没有记错的话——西里西亚人。那是你祖先的家乡吗？我对你的童年时代知之甚少，实际上只知道你的家人是从东部逃过来的。”

“家父在我出生前就阵亡了，母亲在二战结束前夕乘坐一辆牲口车到了西部。我还是一个婴儿，对此没有任何印象。可她跟我说过，我因为营养不良，差点儿没法活下来，我在童年时

[1] Friederike Kempner（1828—1904）德国女诗人。

代和青年时代也常常生病。我当时没有死去，这要归功于母亲。”

“她无疑是一个坚强的女人……”

“嗯，在战争年代和战后时期，所有女人都不得不经受住考验。当时谁也不会相信一个温柔的女士能够依靠做牛做马的劳作来养活家人。我的妈妈温柔体贴，可是一旦遇到至关重要的事情，她可能会变成泼妇。她去世时，我刚好中学毕业。没有了她，我不想继续活下去了，这对我的打击太残酷。直至多年之后，我才重新有了安全感，那是我结婚初期。”

“你母亲没有再婚吗？”我问。

没有，而正因为如此，沃尔夫拉姆就成了她的一切。

好吧，好吧，大众心理学万岁！我想道，恋母情结是不言而喻的。我闷闷不乐地将放有比萨饼的铁板置于热炉子上。

没多久，尤迪特被香味吸引过来了。我们在清扫干净的客厅里用餐。

“这个餐厅我已经好久不用了，”沃尔夫拉姆说，“我完全可以在那里睡得很好，也因为那里紧靠浴室间。为此只要在厨房里安置好桌子和椅子，把我的床铺移到下面来就行。你们觉得能做到吗？”

“我看你的铁床倒是没有问题，”我说，“可这张双人床真是庞然大物。”

“啊呀什么，”尤迪特说，“我很强壮！你吃完东西，我们就可以行动了。”

她坚持让沃尔夫拉姆重新躺在沙发上，然后和我一起高一脚低一脚地爬上楼梯，说是要查看一下贝娜德特的卧室。可到了楼上，她先是检查了所有的房间，拉开所有的抽屉，打开橱门，几乎打开了所有的窗户。

“你可曾听说过我们的狼想要和她攀亲的那个可疑的女诗人吗？”她问。

“听说过，”我说，“虽然她在全力投身社会方面赢得了认可，但在其他方面依然被视为无心玩弄无聊文字游戏的女杰。仅举她那首美利坚诗歌的一段：

美利坚，你是梦幻之国，你是仙境之地，那么绵长而辽阔，你的椰子树有多么美丽，还有你那无尽的寂寞孤独！”

“有时候我真惊讶你居然什么都知道，”尤迪特说，“我一首诗都背不出来！不过你可瞧一下这座中了魔法的院子！现在是吹来清新的风的时候了！你是更愿意住在楼上还是底楼？”她用那食指对着满是灰尘的窗玻璃画了个微笑的符号。

“楼上，”我简短地说，“过来，我们现在试试看是否能举起那张大床。”

我们至少可以从床上抬起那个床垫，然后搁到地毯地上。床架很庞大，沉重如铅，可是尤迪特相信我们可以顺着楼梯把它拖到下面去。一个重病患者当然应该在一个值得夸耀的地方受到更好的照顾，而不是躺在一张俭朴的草席上。于是，在富有节奏的吭哧声中，我们慢慢腾腾地，在经常的放下之中，抬起那块大木块，移动到过道方向。我们到达楼梯平台时，我的额头上渗出了汗水。

“尤迪特，我干不了这活。”我叹息道，可是她并没有宽恕之心。

“动手，继续干！你得握紧上面，一个一个台阶地慢慢向下移动，我抓住下面，往后退。这块木块一定是送货上门的，肯定不需要两个人以上去搬。既然他们能搬得动，我们也能行！”

到了楼梯中央我没有了力气，握住的其中一头从我手中滑落，于是一切——连同尤迪特一起滑倒了。她失去了支撑，从好几级台阶上跌落下去。她被半埋在床架下面，躺在那里，不知所措地凝望着我。

“没出事。”她终于说道，然后想站起来。就在这时，她的脸变了形，她开始呻吟起来。我吓得脸色煞白。“怎么了？”我尖叫道。

听到轰隆一声，沃尔夫拉姆被吓坏了，此刻也出现在楼梯口。

“她受伤了吗？”他用虚弱的声音问，“我应该叫救护车吗？她的腿断了吗？椎间盘突出了吗？”

尤迪特终于站起来，腿弯曲着，但不是下身麻痹那种。

“别那么激动，”她说，“我有过两次腰痛，这个很难受，但过几天就恢复过来了。不必叫医生，只是今天干不了活了。”

她一瘸一拐地走到客厅，疼得叫唤一声躺倒在沙发上。我心里感到非常内疚。“都是我的责任。”我指责自己。

“不，是我的责任，”沃尔夫拉姆说，“我决不该让你们这么做！”

尤迪特又咧嘴一笑，不过有点凄惨。“发生这种事，永远都是自己的责任，”她说，“可是现在接下来该怎么办？这张床可不能一直摆在那里，我们需要帮助！卡拉，请把我的手机拿过来，在我的上衣口袋里。”

我赶紧给她拿来手机，可还是相当迷惘地问道：“你究竟想打电话给谁呀？”

尤迪特只是摇摇头，按了个储存的号码，然后等着。

“你能马上过来吗？”她吩咐道，“魏因海姆，海狸街 19 号。我急需帮助。待会儿见！”

“谁马上过来？”我和沃尔夫拉姆异口同声地问。她说是和一个老朋友报了警，他失业了，几乎一直有空。不过应该付给他工钱。

那当然，沃尔夫拉姆说，伸出颤抖的双手从最上面的抽屉里去拿皮夹子。

我的心情不好。但愿这个朋友不是当年的囚犯、骗子或者毒贩。“是柯德吗？”我预感不祥地问。她说就是他，他是她熟人中间唯一的，首先是可以动用，其次是肌肉发达的人。

趁这个等候的时间，我把餐厅里的六把椅子扛到厨房里，那张大桌子可以让柯德扛过去。我甚至违心地拿起吸尘器，将家具挪到一边，还想着是否最好要让沃尔夫拉姆从床上看到窗外或者更确切地说是看到毕加索。

我重新进入起居室时，沃尔夫拉姆又已经在沙发上打起了瞌睡，尤迪特坐在他旁边，把食指放到嘴唇上示意我别出声。可是没有多大用处，因为此刻门铃响了。

我走到大门口去开门。柯德站在我面前，上次见他还是在多年以前。我们审慎地互相打量一番。他给我的第一印象就是高大、强壮而又不讨人喜欢。

可他对我有什么想法呢?

“哎哟，什么事那么急呀？”他问。

我三言两语给他解释了一下，把他领进来，满腹狐疑地目视他吻了吻尤迪特脸颊以示问候。“我真的感到很遗憾，”他说，然后转向我道，“那我们就动手吧！”

他察看了一下事发现场，动了几下手，就使床架摆脱了困境，然后完全在没有我帮忙的情况下把它抬到了餐厅，我只是得为他拉开门。紧接着，他也把床垫和一只沉重的抽屉柜扛下去，把餐桌扛到了厨房。他事先也不问一下，不停地寻找，在地下室里找到了所需的工具，把这张解体了的床铺固定住。

沃尔夫拉姆突然惊叹地站在我旁边。一百欧元够吗，他在我耳边低语道。

我觉得一半已足够，因为整个行动持续不到一个小时。可心情轻松下来的房主还是不受我的迷惑，将两张钞票递给他，一迭声地表示感谢。

柯德懒洋洋地把钱塞进裤袋里，承诺一旦需要帮忙，他会随时过来。他望了一眼窗外说，或许草地应该用大镰刀割掉了。然后他重新走到尤迪特跟前，提议开车送她回家。一辆助力车停在车棚入口处。

现在我和沃尔夫拉姆单独在一起了，虽然我也很想逃之夭夭，可还是决定给他铺好床。“急急忙忙，乱乱哄哄，我很抱歉，”我告别时说，“但至少你今天不必受累爬楼梯上去了，你的床铺已经整理一新。你客厅里的那块波斯地毯我已经放到你这里，你就不用担心了。我只是不知道，墙上的毕加索是否我要——”

“你不必费心，”他说，“最要紧的是美丽的尤迪特马上恢复健康！你有机会能否转告她，下次再来时她可以披着金发过来。”

07
琥珀项链

星期天约莫十二点，我给尤迪特打电话，担心地询问她的健康状况。她说他们正在吃饭，她服用了止痛药，目前身体还不错。

那么说，那个家具搬运工在她家过夜了，这一点让我觉得很不爽。我真的指望她有个更好的男人，即便柯德至少给我留下了乐于助人的印象。是啊，他把一百欧元装进了腰包，也可以稍稍为沃尔夫拉姆出点力了！每天照顾他，给他做饭，受托出去购物，这些活毕竟是落到了我的头上。

我在书橱里找了半天，直至在一本收录了幽默诗歌的诗选中发现了弗丽德里克·肯普纳的几首长诗。我想引用他的这位女祖先的名句使他惊喜。除了爱国、虔诚和感伤的诗歌外，也有一首诗因为其真诚的蹩脚韵尤其让我如痴如醉。

你了解这个百花盛开的国度？

原始森林葳蕤，高耸云间？

尼亚加拉河发源于陡崖，

那里烈日炎炎，灼伤自由不羁的山巅？

真该死，我的脑海里突然想道，难道到头来我是想给他留下好印象或者是要让他喜欢我吗？我啪的一声激动地重新把书合上。他绝对不要以为我对他本人感兴趣，而不仅仅是对他的遗产。

整个事情是一桩好买卖，正因为如此我才又想着要过去了。恰恰正因为如此，我完全可以今天把更好吃的东西带到饭桌上，而不是原先计划好了的人工乳酪糊酱。我家里的蔬菜格层里还有辣椒和沙拉，我想解冻肉糜，然后为我们俩准备一份典型中产阶级的周日午餐。可如果这是刽子手的午餐，如果沃尔夫拉姆死于今日，难道三份遗嘱中竟然连一份都没有留下来吗？我得立即督促他，至少抄写好第二份遗嘱然后签字。

说干就干。那天，我给他端上了满满一盘辣椒饭，他至少吃了一半，还大大地表扬了我一番——不仅对我做的饭菜，而且也对我为他换上了干净的被褥，他可以舒舒服服地睡在上面。等到他夸奖完，我便把遗嘱草案连同一些打印纸一起放到他面前。

沃尔夫拉姆若有所思地注视我。“你说得对，”他说，“一个人是应该坚持不懈地干下去。你认为我们可以争取尤迪特支持我的遗愿吗？碰到这种情况我要像对你一样也应该给她好处吗？”

“我们目前只谈及第二份遗嘱，”我说，“可以理解的是，尤迪特也不可能为成为刽子手感到欢欣鼓舞。不过对我而言，只要最后看不到任何书面材料，整个遗产落入国家之手，那么我也不会愿意日复一日地到你这里来。难道你还有远房亲戚吗？”

“每个人都有啊，”沃尔夫拉姆说，“可我不会给萨波莉娜半毛钱。我今天就会把所有的一切处理完成。”

尽管好想看到他能当着我的面着手行动，可我不想显得太过贪婪。

我正想要走，沃尔夫拉姆才支支吾吾地说道：“你愿意探望一下病中的尤迪特吗？你要是给她带去一件小礼物，我会万分感激的。我很抱歉她因为我的缘故闪了腰而遭罪！”

我满怀期待地点点头。

沃尔夫拉姆打开书桌最上面的抽屉，那里保存着他的钱包和我给他提取的现金，他从抽屉里取出一只精致的小匣子。

“贝娜德特的金银首饰，”他说，“不知道你的朋友是否会喜欢这条项链？”

我点点头；虽然我本人不喜欢琥珀项链，可是尤迪特有着和我完全不同的口味。这个蜜黄色的首饰想必和她的金发完全相配。

“我可以看下其他东西吗？”我问。

“为什么不能？喜欢的话，你也可以挑点什么，”沃尔夫拉姆说，“只是这些戒指不行，我还想暂时留着。”

这些绝大部分闪闪发亮的首饰——而且尤其是这些戒指——对我来说太笨重了。我取出一枚金质小胸针，或许是传给贝娜德特的，因为她和这枚奢华的首饰完全不配。我试用性地将它别在我那件灰色法兰绒上装的翻领上。

沃尔夫拉姆赞许地点点头。“贝娜德特不喜欢旧式东西，因此她从未戴过这枚胸针；不过和你很般配。这是我为你今天的饭菜表示的一点心意！”

至少，我得到了一辆车和一枚朴素然而贵重的首饰。迄今为止，沃尔夫拉姆证明自己完全是一个慷慨大方的人。

尤迪特会对沃尔夫拉姆的礼物说些什么，我当然很好奇。千禧年之后，我多次看到过戴过类似项链的女人，因为这种首饰在波罗的海供应量很大，用化石树脂制作，质量参差不齐。很多游客会从但泽、柯尼斯堡或者里加带来这样的纪念品。

尤迪特亲自为我开门，看来柯德已经不在她家里了。从弯腰到直起身时往往会出现腰疼，但她肯定马上又会精力充沛。止痛药、洗一次热水澡、躺在床上看一部侦探小说，或者背上敷上一只热水袋，都有可能产生奇效。

我将那根琥珀项链转交给她，她眼睛睁得很大。

“我外婆也有一根这种橄榄形的珍珠项链，但它自然被我姐姐顺手牵羊拿走了。这难道不正像是命中注定吗？”

我并不是完全明白她的意思。

“或许随着时间的流逝，我也将获得我姐姐拥有的所有东西。此外，项链是要戴在脖子上的。假如这位乐善好施者希望我这么做，那我真的可以把项链戴在——”

“你疯了吗？这根项链很可能马上会断掉！沃尔夫拉姆送给我一枚小胸针，按照你的逻辑，恐怕我得把他的胸针钻入我的心上吗？”

尤迪特坏笑着。我可不会开玩笑，她说道，而且一向是一板一眼去对待一切。她给自己戴上项链，拿出一只化妆镜，端详起自己来。

“贝娜德特也有真正贵重的首饰吧？真正的珍珠、宝石、钻石？”她问。

“我不是很清楚；我见到的那些大块宝石首饰，看起来不是非常令人信服。若是你顺从沃尔夫拉姆的意愿，那么他无疑会把你像一棵圣诞树那样装扮起来。”

“假如我们成为单独继承人，我可不必在前沿阵地努力工作了……”

“暂时只有我是唯一继承人。不过一旦你在为我们获得这栋楼方面尽心尽力，我当然和你五五分成。”

尤迪特打着哈欠。“是啊，那是。顺便说一句，我被长期无所事事弄得筋疲力尽。整天只是在东游西逛，会生出愚蠢的念头来。因此我在翻来覆去地思考，而最终想到了麻醉剂。我或许可以弄一些过来。”

“但愿你没有向柯德透露我们的任何计划。”我说。我有一种不祥的预感。“我们当时给一个病人搬家具，不知你给出了什么样的理由？”

“他根本没有问。”尤迪特声称，可我不相信她的话。

“这究竟是一个什么奇怪的名字？”我问，“柯德是康拉德的缩写吗？”

“他本来叫托斯滕，可我给他取了个‘柯德[1]’的名字，因为他总是穿灯芯绒裤子。你不喜欢他，这我马上看出来了。你大概是嫉妒吧？”

我嫉妒？我又不是同性恋！

沃尔夫拉姆说话算数。第二天，第二份遗嘱已经准备好了，第三份也已经手抄好，但至今尚未签名。目前还缺的东西，就是上面提到的那封绝命书。我还未能私下里暗示这事，他就询问起尤迪特，是否她喜欢那根项链，是否她马上会再过来看望他。我突然发觉自己有种几乎像是被针刺了的感觉，因为他的心里如此热切地牵挂着尤迪特的健康。我们像是老夫老妻那样并排坐在沙发上，只差彼此没有拉小手而已。

我们永远不可能走得那么远。我冷不防站起来，给他帮起忙来：通风，收拾，收集换洗衣物，擦拭灰尘。我把枯死的盆栽植物统统扔进垃圾桶。这只垃圾桶已经好久没被清空，好在垃圾车明天就会过来。

我把垃圾桶滚动到路边。对这个季节而言，天太冷已经持续好几周了。现在，春天突然毅然决然地说来就来。停在大街上的汽车，被蒙上了黄色的花粉。隔壁的院子里，一棵玉兰树长出了粗大的花蕾，只消几个阳光明媚的日子，花儿就会盛开。

---

[1] Cord 是“灯芯绒裤子”的意思。

到了外面我才重新想起 19 号的窗户有多么脏——如果没有其他人干，好歹我得把它清扫干净。

海狸街的绝大多数房子都有院子环绕，我们所处的地方毕竟位于二十世纪之交富裕市民的别墅区。之前我还从未看到过邻居，可现在一位和我年龄相仿的女人走到人行道上，她和我一样在倒垃圾。

她怀着不加掩饰的好奇朝我点点头，趋前一步，问道，是否肯普纳先生的女帮工玛丽亚辞职不干了。

也许她把我视为新来的女帮工了吧。

“我已经好长时间没见到过他了，”她说，“妻子去世后，他完全深居简出。和他太太还能说上一两句话，可他一向不对人敞开心扉。他身体究竟好吗，听说他病得很重？”

或许她可以成为一个重要证人，我想道，于是详详细细地说起沃尔夫拉姆得了癌症，并且有着严重的抑郁症，受到自杀倾向的困扰。

“我和肯普纳先生曾经是同事，”我以此结束话题，“他需要道德方面的支持和实际生活的帮助，因此我时不时地过来照顾他。”

“我们邻居也愿意帮助他，”她说，“可他总是拒人于千里之外。您稍等，我们家院子里最美丽的春花正在盛开。我马上采摘一小束鲜花送给这位病人。”

我跟随她来到相邻的院子里，被蓝色的风信子、红色的郁金香、白色的水仙花以及黄色的连翘陶醉了。而在隔壁沃尔夫拉姆的那一边，却只能看到茂密的灌木丛、荨麻以及一株棕色的树枝已枯朽的紫杉。一只松鼠刚好从一棵冷杉树上离开，大胆地跳到我们近处的那棵樱桃树上。陌生女人顺着我的目光看过去，说道："从右到左，你会走运！"她又说这个从前种上了漂亮花草的院子变得如此杂草丛生，实在是太可惜了。

"以前，贝娜德特·肯普纳喜欢在她父母家的院子里忙碌。可是最后几年她干不了这个活了，她胖得很厉害，变得笨拙迟钝。"她介绍道，然后很大方地摘下唯一的粉红色风信子。"她本来打算雇用一名园丁，可她的丈夫不想知道这方面的任何信息。肯普纳先生就是一个十足的书虫，我们几乎从没有在院子里见到过他。另外，我早就怀疑那个女帮工萌生辞职不干的念头了。哎呀，毫无指望！"

"您早就住在这里了吗？"我问。

是啊，她和丈夫和他们的两个小孩几十年前就搬过来了。"当时我们这条街上住的全是年轻家庭，孩子们在院子里嬉戏疯玩，父母们都是好朋友，在温暖的夏日里一起烧烤。19 号的这栋房子是这周围一带最大的，所有其他的房子，也包括我们家，只考虑到一个家庭。我想肯普纳一家是唯一没有孩子的家庭，我们从来不知道是因为什么。也许他们没有子女不是完全出于自愿，而且他们和邻居们老死不相往来，因为他们不愿一起关注那种欢快热闹的场面。现在海狸街附近的绝大多数居民都老了，不过偶尔会有儿女们和孙辈们来访。有一些人恐怕马上得搬到养老院去了，之后渐渐地，更年轻的一代将会在这里安家落户。"

我收下了这束五光十色的鲜花。我和尤迪特是不是可以砍下那些树，然后用大镰刀割掉那些丛生的杂草呢？想必她又会把柯德叫过来，这可不是什么好主意。但愿我们马上就可以动用贝娜德特的存款，然后雇用一名有经验的人干这些杂活。

“请您问候肯普纳先生，不过请别说‘衷心’这个词。”女邻居说道，临告别时还介绍自己是“阿特曼太太”。

沃尔夫拉姆细细观赏这束鲜花，说道：“这花贝娜德特一定会喜欢！”

可一听清楚这束鲜花来自哪里时，他皱起了眉头。“一个喜欢搬弄是非的女人，你得提防她，”他说，“这个阿特曼老是对着我们的玛丽亚问这问那。最好是礼貌地问候一下，然后赶紧溜之大吉。你怎么会跑到街上去呢？”

“我们碰巧几乎同时想到去倒垃圾……”

“你有所不知，这可并非碰巧！这个阿特曼日日夜夜地站在窗帘后面窥探。一看到贝娜德特或者玛丽亚出来，她马上也会碰巧站在门口。她是个爱管闲事的女人。拜托，别让她打听任何消息！”

我安慰他：我和阿特曼没有说上两句话，可是邻居们早就知道沃尔夫拉姆生病的事。事实上我也绝没有任何秘密可以透露出去。阿特曼并没有给我留下不好的印象，至少她把最美丽的鲜花献给了一个闷闷不乐的离群索居者。我一直对自己的知人之明非常自负，这种能力是我在一个公共图书馆里经过多年的对外接待获得的。可是一个人有可能会弄错，我之前也绝不相信沃尔夫拉姆同事脑子居然会进水。

“你的女邻居也有丈夫吗？”我问。

沃尔夫拉姆幸灾乐祸地坏笑起来。“她离婚了。那个平庸的检察官先生和一名见习公务员私通，她真是活该，这个老婆娘！据说他们为了这个房子争得很凶，现在她独自一个人住在那里。她是自作自受。”

08
求婚

尤迪特可真的干得出来，为自己请了整整一星期的病假，尽管三天后她已经明显好多了。周三晚上，她打电话给我，告诉我想下次一起到海狸街看望沃尔夫拉姆。

“你还记得那三只小猪的童话吗？”她问，“它们到最后快乐得围着壁炉跳起舞来，唱道：狼死了，狼死了，我们的苦难结束了。”

半夜了我还一直想着那首小猪之歌。拜托，究竟谁应该是那第三只幸运逃生的小猪呢？可我还是喜欢童话的开头部分，猪妈妈把她的孩子打发走，好为自己拥有一个单独的房子。

尤迪特进门时，沃尔夫拉姆一如往常地躺在沙发上。她戴着琥珀项链，上身穿了一件红褐色的马海毛套衫，低开领使她的胸围愈显傲人，下身穿了一条有点太过紧身的裤子。

“你看起来太漂亮了，”他说，“你能否把扎起来的头发放下来一会儿吗？”

尤迪特没有任何犹豫，将扎辫子的橡皮筋松掉，然后用手指把头发梳理开。

“现在请用你的双手搂住我的脖子，”他请求道，“只是为了验证一下，因为我今天还不想死！”

我还在不知所措地大感惊讶时，尤迪特已经着手行动了，蹲在沙发边上，朝他弯下腰去，双手压在他那皱巴巴的干瘦的脖子上，带着好笑的脸色稍稍扭转了一下，然后满怀期待地注视他。

“好，这样很好，”沃尔夫拉姆气喘吁吁地说，瞟了一眼她的低领，“你也当真已经准备好了吗？”

“你是说直至死亡吗？”她问，放下手，重新坐起来，坚决地摇摇头。“你究竟是如何设想这个的？假如医生发现这个掐痕，他一定会马上命令尸检，让刑警参加调查。”她坐到一张沙发椅上，冲他微微一笑表示鼓励。

“这一点我也认真想过了。要么你们等着找到我的尸体，在我差不多寿终正寝，然后谁也不会——”

“真恶心！”尤迪特嚷道，“你这可不是当真的吧？”

他毫不动摇地继续说：“要么你们在我窒息而死之后再把我吊起来。我在绝命书中写明是上吊自尽。”

“窒息而死和上吊自尽始终是两种不同的方式。”

我无法自持了。尤迪特为何要参与这种胡思乱想？“你们俩可真是脑袋被驴踢过了吧！”我嚷道，“你们玩得开心，我不掺和！”我站起来想走，可尤迪特对我调皮地眨眨眼睛，我开始犹豫了。我不想被视为缺乏幽默感的老太婆。我只好重新坐下耐心等待。

“就我对你的了解，”尤迪特对沃尔夫拉姆说，“你已经为你的离世拟定了一个方案。我很想看一下！”

“我还得把它打印出来，”他说，“你把那台手提电脑给我拿过来！”

大约十分钟后，尤迪特手里拿着那份打印好的遗嘱，然后读起来：

我，沃尔夫拉姆·肯普纳，因为身患无法治愈的癌症而希望免除最后几周令人痛苦的时间，自愿结束自己的生命，并愿意死在家里熟悉的环境里；自从爱妻去世之后，生命对我而言已经了无意义。我选择上吊自杀。

我的遗嘱放在那只写字柜最上面的抽屉里，那里还放着我的身份证、出生原件、所有其他的个人证件以及我的安葬愿望。

日期：

签字：

爱妻？正是她使他生不如死！我不禁打了个寒战。这个不慌不忙的尤迪特只是鼓励性地点点头：“你究竟想在哪儿被吊死呢？”

“千万不要在悬挂窗帘的横梁上，”沃尔夫拉姆说，“我本人用木楔把它钉牢时并不是很内行。最好在车棚或者地下室里，那里的天花板上配上了几个牢固的暖气管。我当然想死在床上，然后你们还得把我弄下来……”

“那这个好日子应该安排在什么时候？”尤迪特问。

“无论如何要等到鸦片制剂不再起作用，我无法忍受疼痛的时候。这不会等得很久，只消对现有的剂量增加不多就行。”

“行，”尤迪特说，“那你应该尽快用自来水笔抄一下你的绝命书，电脑打印稿是随便什么人都可以弄出来的。我的责任就在于，在深思熟虑之后准备通过压迫你的颈动脉把你送进彼岸世界。”

我简直不敢相信！尤迪特想要把我卷进怎样的阴谋诡计中去？

“当然不能留下任何蛛丝马迹，”沃尔夫拉姆想了想说道，“你们得把我抱起来。不过我才五十八公斤重，对两个强壮的女人来说肯定不是问题。”

尤迪特恶意地咯咯笑着。“卡拉一个人也可以对付得了，我不希望又要腰疼——”

“够了！”我说，挥拳敲击桌子，独自离开了他们俩。

我在汽车里轻轻地暗自骂娘。尤迪特是一个多么难以捉摸的轻佻女人！一个男人刚走近她，哪怕是一个病危的小男人，她就可以跟他打得火热，开始卖弄风情。沃尔夫拉姆当着尤迪特的面也不再像个濒死老人。他向她大献殷勤，他的轻声细语听起来更健康，更有男人味，他甚至还试图开些小玩笑。

我要是仅仅满足于第二份遗嘱，也没有向尤迪特透露秘密，那该多好！她当真打算寻求按死者愿望处死或者完全采用谋杀的方法吗？倘若有人对沃尔夫拉姆的自杀存有疑虑，作为唯一的继承人我们就有了令人信服的谋杀动机。有哪个检察官会相信我们说的受害者真的希望自己被窒息而死的话呢？这段时间里我已了解到，一个人在德国是主动安乐死还是被动安乐死，这是有区别的。比如，注射毒药，即便是应病人的要求，也是要受到惩处的。通过药物减缓病痛，而这些药物的副作用不会导致减寿，唯有这样的间接介入才能获得同意和容忍。

我刚到家，电话铃响了。可不是来自悔过自新的尤迪特的道歉电话，而是我嫂子从加拿大打来的。她详详细细地给我讲起她的小孙女，说小宝贝有点发烧，刚长牙。我耐心地倾听了一会儿，虽然恨得咬牙切齿，可终于还是打断了她滔滔不绝的讲话，说我还有其他安排。

“是啊，你不知道这样的烦恼。”蕾切尔有点傲慢地说，挂了电话。

我如释重负地倒在长沙发上，打开电视。虽然我对蒙古野生双峰骆驼的节目不是真的感兴趣，但或许它能分散我的注意力。我不希望自己马上再受到干扰。可没过多久，门铃声大作。

尤迪特递给我一个信封：“看一下你就知道明天该买些什么东西了！”

我不客气地回答道，不是打个电话通知我一声就可以了吗？可她显然还想跟我闲聊，径自关上电视，连问都不问一下就坐在我身旁。“能给我来杯茶吗？最好是南非的莱宝茶！”

尤迪特至少单独和沃尔夫拉姆待了一个多小时，那可以发生很多事。我找出一包放了很久的“传令鼓”袋泡茶（据说是芳香加上异国风情的水果味）给她泡上，开始聚精会神地听她说。

“你想想，他打发我到卧室去找出一袭黑色睡袍。虽然最近一段时间我胖了不少，可穿上那件睡袍还是显得太大了。我用一根很大的红蝴蝶结把腰身扎牢。看起来就像是一只生日小包裹。这只狼来来回回地盯着我看，仿佛我是第八大奇迹！”

“你怎么会接受他这种变态的小游戏！”我愤怒地嚷道，“下次他会要求你全裸了见他！”

尤迪特咯咯笑着。“这是值得的！你瞧！”说完将她的左手递给我。那枚硕大的戒指正中间有一颗红玻璃做的心，五大三粗的模样，戒指周围的街道小石子在熠熠发光。

“一块红宝石和许多小钻石。”她炫耀道。

她太幼稚可笑了，我都快要感到恶心了。

“可这还不是全部，”尤迪特自豪地说，“这只狼已经向我求婚了！”

我茫然若失地看着她，终于怒吼道：“你想必同意这个笨蛋的要求了吧？”

“到现在还没有。事实上早在八岁时我就想过非蝙蝠侠不嫁的，不过或许沃尔夫拉姆离超人根本不算太远吧。姑娘家总要矜持一下，需要考虑的时间。”

我愣了好几下，才做出一个愤怒的动作，不料我的茶杯被我弄翻了，差点儿把自己烫伤。我气得说不出话来。这两个人究竟把我当成什么人了！他们只要一结婚，我的所有计划将化为泡影。一旦这个老谋深算的尤迪特作为妻子继承了所有财产，我将会空手而归。如果沃尔夫拉姆寻求帮助，他要想到我，而不是想到其他人，因此我必须把整件事情处理好。

尤迪特显然对我难看的脸色感到惊恐起来。

她肯定马上又要说我缺乏幽默感了。那我只能先声夺人，于是问道："那你们准备生几个孩子？"

"一定要组成一个完整的足球队才行，"她说，"可我看出来，眼下很难和你说话了。再见，只是别想着我会欺骗你——恰恰相反。我甚至还想送你我的订婚戒指，因为我们本来不是想着要分享所有的胜利成果的吗？"她把那枚戒指脱下来搁到糖盒旁边，就离开了。

我呆呆地站着左思右想。她如果一心想着做鳏夫的太太，那就是大大搞错了。配偶一方结婚未达至少一年去世的，配偶另一方享受不到任何待遇。

直到后来我才打开信封，里面塞满了纸币：我数了数，一共有一千五百欧元。随后我看到一份购物清单、一份手写的小卡片以及一份银行委托书。在整洁的小字体文字中，沃尔夫拉姆写道，对我来说每次购完物算账肯定很麻烦。这个家用的钱我应该留着，可以随意支出，需要时就到银行提款，他不需要任何凭据，充分相信我，署名写上"对你充满感激的沃尔夫拉姆"，我看完摇摇头，然后仔细研究起这份清单。

首先我要到他的医生那里去，给他拿好两张处方，然后去药房取药，最后去超市。他说最喜欢容易消化的菜汤，此外布丁、水果、鱼也不错，肉类食物尽可能少些。

这位先生喜欢自己提要求！他的未婚妻其实也可以为他做饭呀，我怒气冲冲地嘟哝道，可尤迪特接下来至少又要在图书馆里度过白日的许多时光。沃尔夫拉姆在利用我们，我想道。实际上他根本没有他装出来的那么虚弱不堪，还带着享受让玩偶们跳舞。施展怜悯之心的手腕总是最吸引女人。或许他也只是想测试一下我们为了金钱和礼物甘愿忍受多大的屈辱。不知什么时候他要把我们当奴隶使唤，并且纯粹出于恶意还要活上好多年。

次日，我站在诊所的接待柜台。“只要再签上医生名字就可以了。”女助手说完，拿着处方走了。不久她把我叫到门诊室。

“大夫先生想问您点问题，”她说，“他马上过来。”

不一会儿，沃尔夫拉姆的家庭医生急匆匆地走进来，站着签上名字，又急匆匆地问道，沃尔夫拉姆是否被妥善安置到临终关怀医院去了。

“没有，没有，他无论如何希望死在家里。我和另外一个以前的女同事，我们在照顾他的日常起居。他大概还能活多久？”

“首先，我只能回答家属的询问。第二，我一再感到生气的是，”医生说，“当小说或者电影里某个同事毫不留情地声称，病人只有十四天好活了。没有任何医生可以如此精确地判断，总是会出现意外的情况！对肯普纳先生的预测尤其困难，因为他的抵抗力非常强。另一方面，他的妻子之死使他身心交瘁。他需要倾听。如果他有更丰富多彩的消遣活动，得到更多他人的安慰，以及参加更多的社交聚会，那么他的健康状况无疑会更好。但您也知道，他现在是一个古里古怪的人。”

我一边思量一边离开了诊所。看来医生想要暗示的是，虽然沃尔夫拉姆不重视接触，但同时却又深受缺乏接触的折磨。换言之：我们看望他对他有益，让他终老时还能充满朝气。我希望这样吗？

每当我的手表没电池了，我就到一家小珠宝店去换上。这一次，我顺便把贝娜德特的戒指请店主看了看。

“一个阿姨送我的，说是真家伙。可我怀疑……”

“有理由怀疑，”鉴定师说道，然后重新放下放大镜。“七十年代的流行首饰。您在易趣店里卖出去顶多五欧元。我很遗憾，不过您的眼光确实不赖，不必由我下狠手判断。”

假如他以为我失望，那这个好心人就搞错了。尤迪特真拿贵重物品送我，我肯定会不乐意呢。

我准时赶到海狸街给沃尔夫拉姆准备午餐。他例外地坐在写字台旁，在做笔记。

“我正在列一个清单，我的葬礼上应该播放什么样的音乐，”他解释道，“我妻子最喜欢的歌曲是：孩子，马上回来吧，马上回到家里来，孩子，永远别再走了，永远别再出去！这首曲子决不能少了。我希望给自己的曲子是《再见，约翰尼》。”

我不由自主地模仿汉斯·阿尔贝斯[1]的声音，唱道：“……

[1] Hans Albers（1891—1960）二十世纪上半叶最受欢迎的德国男演员，也是一名歌手，以“金发汉斯”的形象成为国民偶像。

他是一个到处流浪的临时工，没有一个固定的家，鲜花从他的四肢里长出来……”可我很快停了下来，对我不得体的行为感到羞愧。

“要么你认为带点古典的更好吗？你给我什么建议？”沃尔夫拉姆问。

带点古典的？肖邦的《葬礼进行曲》？莫扎特的《安魂曲》？古诺的《圣母颂》？或者来一首巴赫的赋格曲？

“我本来也想过木号角音乐，因为一听到这种音乐我总是会流泪，但确实未必都是要那种伤感的音乐，”他想了想继续说，“我想你比我更懂音乐，因为你不是喜欢去听歌剧吗，你可以给我挑选一些。我反正真的再也挑不出来了。”

我不得不承认自己有点受宠若惊了，于是答应再想想，并且问到是否或许也可以考虑海顿的《创世记》，然后哼唱起来：……世界，如此伟大，如此奇妙……他还从未听过亚当和夏娃的二重唱，我决定下次把这张 CD 带过来。我的心情刚刚有所好转，却马上又变得阴郁起来，因为沃尔夫拉姆说道：“尤迪特推荐了马克斯·拉贝[1]的一首歌，名叫《谁也不会打电话给我》。这首歌我不是很了解，你认为她是想跟我说什么吗？”

“没有人会对我感兴趣！”我回复道，关上门，走进厨房，怒气冲天地将买好的食品放入冰箱。我想好了，我那张亲爱的海顿 CD 我是永远不会借给他了，那是明珠暗投，或者说鲜花插在牛粪上。

[1] Max Raabe（1962—　）德国男中音歌手。

09
同一个屋檐下

渐渐地，夏令时节越来越明显，天气也越来越炎热，可是沃尔夫拉姆也日复一日地变得虚弱，吃得越来越少，睡得很多。我开始担心起来。尤迪特一个星期没有过来看望沃尔夫拉姆，他每次都要问起她的情况。

“你怎么看，”一个阳光明媚的星期五，他睁着变得越来越大的眼睛几乎恳求般地注视着我，说道，“尤迪特明天会过来看我吗？因为我很想给你们一个建议：你们可以搬到我家里来住，省下你们的租金。一个可以住阁楼间，另一个住二楼。”

我在考虑。早在前一段时间，我就发觉沃尔夫拉姆不再为自己准备早餐，因为既没有使用过的杯子，也没有黏糊糊的调羹可以证明这一点。午餐是他唯一的一顿饭，或许也只是因为我把饭菜摆在他眼皮底下，并且陪伴在他身边的缘故。奶酪片、番茄或者香蕉、酸奶或者平时晚餐时摆在托盘里的东西，我常常又会在垃圾桶里找到很多，为了掩盖而被卷进报纸里。显而易见的是,原有的照料已经不够。更具体一点的照料是什么呢?假如我一日三次出现在他身边，或者假如我最终搬到这里住的话，那么究竟计划在什么时候?可其实我是想等到房子清理和装修之后才住在这里来。恰恰在这个我为自己挑选的二楼，每一件家具都会叫人想起贝娜德特，更别提橱柜里的东西了。除此之外，她正是在那里可怜巴巴地去世的。

“尤迪特住的地方很窄小，”我先分散我的注意力，“如果她能住在你家宽大的阁楼间，她一定感觉很舒服。那里究竟像什么样子?”

沃尔夫拉姆指了指那张写字柜，跟我解释说，贝娜德特把钥匙保管在哪个抽屉里了。“你到周围去看一看，”他说，“我已经好多年没去过上面了。玛丽亚也不能到那里去窥探，因此我的妻子总是锁上了阁楼间的房门。”

我的心在扑扑地跳，不只是因为楼梯很多，也是因为我实际上是个胆小鬼。那上面等着我的会是什么?从1897年以来就堆放在那里的破烂东西，发霉的裱糊纸残渣，烂掉的梁，蠹虫留下的锯屑，最后难道还有翻下窗户时被压死的鸽子吗?

从过道里的镜子里，可以看到一个惊慌失措的卡拉。可是我没料到，走进的不是一个不可救药的混沌世界，而是一个魔幻世界。仿佛时间凝固了一般,我感觉自己重新成了一个小姑娘。第一个房间像是一间儿童游戏室。一间布置完美的玩具小屋最让我喜欢，无疑它曾经有着某种意义。那许许多多的玩具狗熊、玩具娃娃以及襁褓中的婴儿在绿色的长毛绒沙发上排成行，它们一个个却也是如此娇小可爱，喜欢得我马上将它们搂在怀里。我凑近仔细一看，它们穿上的不是外面买来的商品，而是使用费时费力的手工制作，都是些钩出来、缝出来然后绣出来的小裙子。一群狂欢节的小粉丝们聚集在小藤椅上：玩具娃娃和动物，它们装扮成怪物、吸血鬼和魔鬼，和它们相依相伴的是公主们，以及一个个如花似玉的金发天使。我就像一个五岁孩子那样，立马想验证玩具娃娃是否也穿着内衣。

看来贝娜德特随心所欲地在自己的秘密天堂里发泄着情感。她在这里保存着自己的玩具，而且看上去，她也保存着母亲和外祖母几十年来的遗产，可是一切徒然，因为她无法将它们传给自己的孩子和孙辈。有一点儿阴森可怕，也有一点儿病态，但从某个方面看这是可以理解的。有一瞬间，因为看到这种怀旧的玩具，热泪真的涌上我的双眼，我也感到有一种抑制不住的渴望和悲伤。

可我对这个无儿无女的贝娜德特感到厌烦了，反正这是尤迪特要住的地方。于是我走进了第二个房间，可眼前景象简直让我大吃一惊。这里摆设成一间完完全全的婴儿室：有摇篮、小床、替换襁褓的桌子。一张矮小的高脚凳上放着一只围嘴儿，床上挂着一只八音钟，上面有着月亮和星星。我一上发条，听到了一首摇篮曲。除了婴幼儿的最初装备之外，橱里还堆放着绰绰有余的襁褓布料储备，今天只有特别具有环保意识的父母才会用到它们。隔壁的浴室间里，有一个玩具婴儿，躺在一只小浴缸里，和真人一般大小，裸露着身体，她还想到了一只小锅和一只塑料鸭子。这间浴室虽然铺上了可爱的粉红色瓷砖，可它的功能依然完全正常，就连热水也能哗哗地流入蒙上灰尘的盥洗盆中。一个相当空荡荡的厨房间以及第三个房间，虽然因为有斜角，它们要比下面的楼层小，可终究要比尤迪特的蜗居大上四倍。似乎还有一个顶楼，可以从又窄又陡的木楼梯上爬上去。不过我已经看得够多了。

沃尔夫拉姆如何忍受妻子的这种业余爱好？她和玩具娃娃玩耍，难道是因为脑子不正常，还是因为无法实现生儿育女的愿望而去折磨自己的丈夫呢？

几乎难以相信的是，尤迪特不用看一下玩具天堂，就在电话那头立即一口答应搬到沃尔夫拉姆家里去住。“你要是一脚踏进去，一半租金就省下了，”她说，“顺便说一句，我先留下我的兔窝，只把最急需的物品运过去。你也跟我一样行动。”她给我出主意，“你在二楼先临时安顿好，不用放弃你现在的家。你确实永远不知道一切如何走下去，可我们因此可以监视他的一举一动。他将唯我们之命是从……”

“我不喜欢你纯粹用商务习惯去处理这件事。我已经答应过这个可怜的家伙，不让他进医院。只要待在他身边，我就真的最能做到这一点。可是——”

“没有可是，你这虚伪的女人！你带上一只箱子到海狸街，箱子里装上盥洗用具和衣服就行，不需要更多的东西。你就设想一下吧，这是一个度假小屋或者是一个旅馆，你也不是睡在自己家里的床上。明天我休息，我们就搬家！我带上一瓶香槟酒。”

由于尤迪特不可能天天为这个生病的老人端上早餐，所以我答应了。毕竟我答应过他，陪他走完痛苦的尽头。

我最感到害怕的就是陌生的床。二楼只剩下沃尔夫拉姆的木板床，标准简陋一些我倒无所谓，但这个床垫不行。尤迪特对我的疑虑报以哈哈大笑，答应给我一个几乎全新的被褥，那是她曾经为她的客人们购买的。

“那你愿意睡在哪儿呢？”我问，“阁楼间里只有婴儿小床。”

“别担心，我再找人借我一只气垫。”尤迪特说，“如果今天还借不到，我就从地下室里拿来一只躺椅，上面垫上被子。好在我是属于哪儿都能睡得着觉的人，甚至可以躺在地板上的睡袋里，或者在朗诵之夜躺在我们的图书馆里也能安然入睡。只要我睡着了，哪怕着了火也叫不醒我。”

“你真是个幸运的人。”我说，然后想道：库特尔·达德尔杜[1]蜷缩在一条地毯里，因为尤迪特让我偶尔想起林格尔纳茨笔下那个不受气候影响的海员：王侯将相——去他娘的巴黎！尽管上船吧。

周六被我私下里宣布为世界奴工日。偏偏沃尔夫拉姆的信箱里还有一张明信片，是葡萄牙女用人写来的；玛丽亚通知她的雇主，她决定待在自己的家乡了。我看到了这个坏消息之后

---

[1] 库特尔·达德尔杜是德国诗人约阿希姆·林格尔纳茨（1883—1934）创作的诗歌中的主人公，是一名海员，作家塑造的这个艺术形象和作家本人，在二十世纪二三十年代成了家喻户晓的人物。达德尔杜后来成了海员下班休息和安睡的代名词。

才把明信片交给沃尔夫拉姆。他平时从来没有私人邮件，大多只是些印刷品、挨家挨户投递的广告、一份报纸、一本节目类杂志以及出版社的很多目录清单。

“我们需要一个新的清扫女工，”我一边说，一边擦拭着额头上的汗珠，“毕竟这是一个很大的房子，我一个人干不了。”

沃尔夫拉姆担心地看着我。“是的，当然，”他说，“没有是不行的，但挑选时必须格外小心。我觉得聋哑人最好。”

我觉得这完全不好笑，因为我已经干了六个小时的清扫活了。

“一个连‘你好’都无法说的人？她最好还要是盲人，这样就发现不了秘密？一个瘸子，她就不能爬到阁楼间去？而且当然还要很傻，她就看不清你的毛病！那肯定会有许多漂亮的女用人报名。”

沃尔夫拉姆对我的突然发作很惊愕。“那可只是开玩笑而已，卡拉！你只要认为可行就去办吧，”他平静地说，“我无权干涉。另外，还从来没有谁会听我的话。”

稍停片刻后他补充道：“尤迪特究竟躲到哪儿去了？”

“阁楼那么脏，她至少要打扫干净一间房间，”我闷闷不乐地说，“不过她会马上下来。她例外地想今天做点可吃的东西。”

一小时后，我们三人坐在厨房桌旁。尤迪特没有做饭，而是带来了快餐。跟我相反，她似乎并没有感到丝毫的疲惫，心情实在是好得很。

“你的进展如何了？”我一边咀嚼一边问。

“哦，我真的老是想着在楼上的玩具小屋里玩个不停，”她说，“因为住在那里的是七个孩子的微型家庭，他们全都那么可爱……”

沃尔夫拉姆抬头一望，然后不知所措地微笑着。

“味道真好，这个肉。”他说道，嘎吱嘎吱地啃着炸鸡块上面的面渣。假如是我把松脆点的东西端上桌，那么他肯定不会去碰它了。门铃响时，我们还远没有吃完。我和沃尔夫拉姆惊讶地注视着彼此，尤迪特一骨碌跳起来。

“是柯德。”她说。

不一会儿，她带着前男友走进厨房门口。他彬彬有礼地向我们打招呼，说他借用朋友的货车把预订的床垫拿来了。

我有点恶心地盯着他那条宽波纹黑色灯芯绒裤子看，裤子上面黏附着色散作用时形成的白色残渣。

尤迪特拿来一只盘子、一把刀以及一把叉，给她的朋友指定了一个位置。“你打扫剩菜剩饭吧。”她说完便将所有的薯片和鸡块倒进柯德的盘子里。

他风卷残云一般吃了个精光，然后问道：“这东西放哪儿？”

两个人离开厨房，我们听到门关上的声音、楼梯嘎吱作响、不停的轰隆声，尤其是他们俩发出的哄堂大笑声。

“他是尤迪特的同居男友吗？”沃尔夫拉姆问，脸色阴沉得像下了多日的雨天一样。

“青年时代的朋友，”我说，“他们认识好久了，之前他们可能同居过。可除了他体壮如熊之外，我真的对他了解不是太多。”

“真叫人妒忌。”沃尔夫拉姆愤怒地说。好呀，我想道，一只有病的狼对付一头熊，几乎没有任何机会可言。

饭后，沃尔夫拉姆躺在床上，我则躺在发出霉味的沙发上，很快睡着了。大约一小时后醒来，我爬上楼梯，整个大楼里安静得可疑。此刻，在原本贝娜德特的卧室里摆上了沃尔夫拉姆的铁床架，铁床架上摆上了一只崭新的气垫，气垫上面还包着一层塑料壳。我讶异地揉了揉眼睛。要是彻底搬家，我自然想把我自己的床安置到这里来。

突然,那两个年轻人站在我旁边。“一切正常吗？”柯德问。

我只是叹息了一声，不过房间打扫得那么干净，那张床几乎在发出邀请，两扇窗户大开，和煦的夏风透过窗户涌进来，我发现这个房间其实要比我原先的卧室更讨人喜欢。我带来了我的枕头、被子和被套，因为我对贝娜德特的嫁妆感到害怕。至少我现在有了一个睡觉的地方和一间干净的浴室，另外两间房间可以再等等。

“那只气垫多少钱？”我问，因为我不喜欢欠人家钱。

“这是为了庆祝今天这个日子而送给你的，”尤迪特说，“柯德，把香槟酒打开，让我们为新居干杯！”

为何三个人？我想道，可宁愿强忍住自己的抗议，以不败坏庆祝的好心情。尤迪特和柯德离开我，准备立即整理出阁楼的一个临时房间来。我皱着眉头铺上床单，然后开始想心事。我们新家的夜晚究竟该如何安排？在家里我大多看电视，可这里只在客厅里有一台，而沃尔夫拉姆始终占用着那里的沙发。也就是说，我务必把自己的电视机搬过来，这样我就不必和尤迪特和沃尔夫拉姆一起观看那些傻了吧唧的电影。可是没有他人的帮助，我无法把沉甸甸的机子从一个地方搬到另一个地方去。很可能我必须请尤迪特帮忙,她则又会叫上柯德。无论如何，沃尔夫拉姆一生收藏的图书比我和所有原来女同事加在一起的都要多。我始终还能拿上一本扣人心弦的消遣书籍躺在浴缸里，然后再爬上床。

晚上,当我们一起享用点心时,我又一次提及女佣人的话题。柯德自然一直还在这里，他说："我倒知道有一个人可以介绍给你们。一个真正勤快的女人，有两个孩子，正在勇敢地艰难度日。"

"你大概说的是娜塔莉吧？"尤迪特皱着眉头问,他点点头。

"不行！"她说。

"这个得由卡拉决定，"沃尔夫拉姆说，"此外我想请你避开我的邻居，那个阿特曼太太。"

"她在马路上同我们攀谈，"尤迪特为自己辩护道，"我可无法知道她是你的敌人。"

"她只是无法闭嘴。她究竟想从我这里得到什么？"

尤迪特打起了哈欠。"没有什么特别的东西。她问你身体好吗。她并没有给我留下特别好奇的印象。"

沃尔夫拉姆此刻从裤袋里掏出一个信封，递给柯德。"您辛苦了。如果哪天又需要身强力壮的人，我们会想到您的。"说完跟他握手告别，可柯德仍然站着不动，尤迪特只好捅了他一下，一直陪他到大门口。

我终于躺在了我那只新的气垫上，没有那种习惯的舒适的浅坑，我感觉床垫很硬。是你自己活该，我还想道。随后我进入了梦乡。

10

绞肉机

周日早晨，阳光照到我的床上，把我从睡梦中叫醒。我睡得出乎意料的好。我在打开的窗户旁站了一会儿，陶醉般地往野草丛生的院子里望去，打量冷杉树林中那两只灵活的松鼠，闻到了清新的薄荷的芳香。尽管天还很早，那位女邻居看来已经在院子里忙碌开了。我隐隐约约地想起，收割草药不应该发生在中午的太阳下。我很快退回至房间。我不希望被人看到穿着长睡衣，也就不会有谣言在海狸街四处蔓延。我恍恍惚惚地听到有人在窃窃私语：是呀，他们就是这样，这些男人！贝娜德特尸骨未寒，他就已经有了新欢。

吃早餐时——尤迪特不在——沃尔夫拉姆问道，是否我们的小姑娘可能昨天劳累过度，终于又出现了伤痛。

我答应会关心她一下。可是，还没等到敲阁楼的门，我就听到尤迪特和一名男子说话的声音。柯德似乎和她发生了争执。

他昨天晚上不是和我们告别了吗？难道这个可疑的家伙重新悄无声息地溜进来了吗？难道尤迪特塞给他一把大门钥匙了？我费劲地屏息谛听，又听到了娜塔莉的名字和尤迪特强烈的抗议：他可以省省他那些愚蠢的想法，在这个房子里他没有话语权。经过一番温柔的回合之后，她刺耳的声音听起来不那么刺耳了。我若有所思地重新回到厨房，说尤迪特还在睡觉呢。

“这无疑对她有好处，可怜的小姑娘真的从早到晚累死累活！”

我有点扫兴地沉默着。凭什么称她“小姑娘”。尤迪特是一个相对健壮的女人，而昨天——跟我完全不同——她没有卖力做事。我懊恼地收拾桌子，将没用过的盘子放进碗橱里。沃尔夫拉姆想再躺下休息会儿，我正好回家一趟，把床头柜灯、我的浴衣、那台带有闹钟功能的收音机以及其他有用的东西一并拿过来。

两小时后，我重新回到海狸街，尤迪特正在厨房里，站着喝冷咖啡，把抽屉和格层翻了个底朝天。

“这究竟是什么？”她问，然后将一个铁质物品举到我鼻子底下。

“绞肉机[1]。”我简短地说。

她用怀疑而惊讶的目光注视我，一想起我比她大了多少就感到难受。

---

[1] Fleischwolf，绞肉机。两人的对话中用出现“Wolf”（狼）的惯用语做语言游戏。

“当大家还没有厨房电器和搅拌器的时候，每个家庭都有一台绞肉机。”我解释道，“我母亲以前经常用它制作肉糜。你不知道这个表达方式吗：如何用狼制伏他人？”

她哈哈一笑道，从某个方面看就是如此，不过大家不是更喜欢说用他人的瑕疵制伏他人吗？她说还从未见过这样一种笨重的东西。“难道我们应该以狼制狼吗？”

我觉得她的笑话毫无情趣。“柯德在这里过夜了吗？”我像一个严厉的家庭女教师那样问道。她不予回答，却是站在厨房桌子边上捣鼓起这台绞肉机来。尤迪特并不笨拙，她飞快地拧紧绞肉机，胡乱地将一片吐司面包、一片火腿以及一只煮熟的鸡蛋塞进漏斗。她像个孩子那样好奇地转动手摇柄。我赶紧把一只汤盘放到榨汁出口的下方，免得被她搞得乱七八糟，然后气呼呼地离开了厨房。出于某种原因，我们的“三角家庭”不如我设想的那么和谐。虽然我和尤迪特一直和睦相处，但一和沃尔夫拉姆结合起来就不大顺利了。也许这种同居的方式首先必须慢慢习惯吧。明天是周一，尤迪特整个一周又得在图书馆里度过许多时间。我终于又可以和沃尔夫拉姆单独在一起了。

为了分散自己的注意力，我到院子里去了。虽然熟悉室内观赏植物，可是这里的一切都乱糟糟的，杂草肆意蔓生，我马上看得没有了方向。比如，那种叫作一枝黄花的植物究竟是怎样的情况，它们可能马上开出美丽的鲜花，可它们现有的数量却又极大？难道应该把它当作杂草清除吗？我艰难地为自己开辟穿越高高青草地的道路，被一棵蓟草刺痛，吃了荨麻的苦头，湿了便鞋，不小心踩到了盛开的矢车菊，终于来到一张脏得面目全非的长凳跟前，在这上面坐下来几乎已经不可能了。我用一根折断的树枝清除长凳上面的树叶、种子、啃掉的冷杉球果以及发霉的樱桃核，在上面垫上我的手绢才敢坐下来。如果设想没有这眼下荒芜的景象，那么这无疑是一块宁静安逸的小天地，原本是我这一辈子希望得到的东西。可是，我的脚踩到了什么？一块石块，和盘子一样大，隐匿在茂密的接骨木丛中。出于好奇，我清除了石块上面的泥土和鸟粪，再用一根小棒刮去苔藓，上面的碑文露了出来：比安卡。是猫、狗、鹦鹉，还是小白兔？我在想。偶尔我要提起这个名字，以测试沃尔夫拉姆的反应。

下午，我拿着托盘从厨房里走出来，将周日的咖啡和几块饼干带到客厅，那两个和我同屋的人挨得很近地一起坐在沙发上。尤迪特将她的手提电脑摆在面前，看来是在给沃尔夫拉姆看照片。

“这就是改建后的模样，”她解释道，“这里以前是你的办公室。我不得不先要习惯侦探小说部现在已经搬到左翼了。”

看样子他们是在说我们的图书馆和上一次万圣节恐怖夜的照片。我把托盘放下，坐在沃尔夫拉姆旁边。我有点不情愿地打量起我这位前女同事的照片，她穿着一件既幼稚可笑又破旧褴褛的僵尸化妆服，带着令人恶心的乳液伤口，配上了黄色的隐形眼镜和兽角，奸笑着对着镜头。

“你愿意做个女恶魔吗？”我尖刻地问。

“完全无所谓：吸血鬼，撒旦魔鬼！最主要的是要令人毛骨悚然。”她自豪地解释。

“太棒了，”沃尔夫拉姆说，“一旦我还能恢复健康的话，我们俩肯定是一个完美的团队。”

“咖啡要冷了，”我说，“如果你们不马上停止胡说八道，我又要到院子里去找比安卡！”

沃尔夫拉姆像被雷电击中了似的吓了一大跳。

尤迪特不明白地看着我，问：“比安卡是谁？”

这恐怕只能让沃尔夫拉姆自己解释了，我说道，离他远了一点，接着又喝了一口酒。

“她从未活过。”他低语道。

“谁？”尤迪特问，富有同情心地握住他的手。

那是一个伤心的故事。二十多年前，那个葡萄牙女用人向贝娜德特透露了一个秘密。她询问贝娜德特是否知道哪里可以堕胎以及如何堕胎，因为她非常年轻的妹妹因为意外怀孕而感到绝望透顶了。可怜的姑娘在纳扎雷有一个未婚夫，此人很乖，对她怀孕的事一无所知。她说她妹妹在里斯本一家宾馆的厨房工作，很可惜被一个外国人诱奸。贝娜德特一门心思想要一个孩子，预感到自己有了最后一个机会。玛丽亚以寻找薪水更好的职位作为借口让不幸的玛尔塔到德国去。她可以在肯普纳家里好好休养几个月，最终把孩子生下来，然后还可以作为隐蔽的或者说哺乳的客人待上一段时间，并最终飞回葡萄牙结婚。沃尔夫拉姆和贝娜德特愿意到户籍登记处把婴儿当作自己的孩子登记，因为他们年龄太大不能领养了。对信奉严厉的天主教的玛丽亚和玛尔塔姐妹而言，这不失为一个可接受的解决办法，以避免遭受万劫不复的痛苦。

那时候，贝娜德特欣喜若狂，布置了一间婴儿室，无微不至地照料有孕在身的玛尔塔，教她德语，自己也变得明显胖了。她也和准妈妈协商好给孩子起名：比安卡或者路易斯。

可遗憾的是，可怜的玛尔塔八月后生下死婴，贝娜德特的梦想因此破灭。她将这个女婴的小尸体悄悄埋葬在院子里，谁也不知道这样的悲剧。一年后，玛尔塔和她的男友结了婚。她生了三个儿子，偶尔还代由玛丽亚向他们问候。

我禁不住流下了眼泪，可尤迪特不同意地摇摇头。“一个愚笨的计划，同样也是鲁莽的计划，”她说，“注定是要落空的。你们送她做过超声波检查吗？她是在家里，并且是在没有助产妇的情况下生下孩子吗？贝娜德特不是早就到了更年期吗，即便是一个幼稚的户籍官员也会生疑呀？左邻右舍会怎么想？怀孕的玛尔塔也肯定不可能整天待在阁楼里不出来吧。难道你们真的以为她在漫长的哺乳期之后会重新交出她的孩子吗？而且——”

沃尔夫拉姆打断了她滔滔不绝的说话。“这些论点我也引用过，但都是白费劲。据说一切都是女人们的事。我只有一个令人痛苦的任务，就是用葡萄酒箱子的木板制作一口小棺材。比安卡几乎不超过五百克。”他的眼里也噙满了泪水。

我想起贝娜德特的墓地和那块不寻常的碑文，想起沃尔夫拉姆古怪的愿望，也想起院子里那块白色的小石块。我真的想要生活在一个有着如此多废物的房子里吗？可毕竟我是个理智的人，不相信光芒、神灵或者其他深奥难懂的幻想。任何一幢古老的建筑都有着自己的过去，它不仅仅由令人愉快的事件组成，而且说到底，石头是没有记忆的死亡物质。

接下来的一周过得更舒适，夏季的天气风和日丽。我开始每天在院子里稍稍干点儿活。尤迪特白天不在家。

沃尔夫拉姆显然身体有了好转。“其实我还根本不想去死，”他在一次轻松而完美的午餐之后说道，“和你们生活在一起太美妙了。自从你把塑料凳子放进我的淋浴间之后，我在厕所里能应付自如，感觉自己精神好多了。因此我要感谢你们……”

我本来应该重新提起遗嘱的事，可还是下不了决心。

“阳台我今天已经搞过一些卫生了，”我说，“如果你喜欢，我到地下室把躺椅拿上来，你可以稍稍躺在太阳下。你就感觉像在度假一样！”

沃尔夫拉姆摇摇头。“饭后我至少得休息两个小时，而且是在床上，”他说，“我觉得外面太亮、太冷也太吵。”

就这样，我躺在了太阳底下，感觉美妙极了，根本不觉得太冷。

晚上，我刚想进卧室去，尤迪特飞奔着跑下楼梯，倏忽之间已经冲到我跟前。

“你看下，”她上气不接下气地说，将一份报纸递给我，“《曼海姆晨报》虽然报道过这个诉讼，可现在判决真的出来了！”

这是对一名老年男子的谋杀指控，他涉嫌杀害了得了不治之症的妻子。我浏览了这篇文章，然后放下报纸，问道："那又怎样？"

尤迪特从我手里拿走报纸，念给我听相关章节：

"《刑法法典》第216条对应他人要求杀人做出定义：有人根据被杀者明确而认真的要求而被指定杀人，可被判处监禁六个月至五年。"

"我们这种情况，我估计是无罪释放，"她解释道，"只要我们可以证明沃尔夫拉姆要求我们杀他的话。他们使我们的美妙计划落空，只差不承认我们的遗产了。"

我头昏脑涨了。

"顺便说一句，"她重新开始说道，"听说让－路易斯·特林提格南特和埃玛妞·丽娃主演的电影里也讨论过这个话题。"

"我看过《偷情》的电影，"我说，"这是一对老年夫妇的爱情故事，无关道德或法律条款的约束，而且使一个人摆脱难以忍受的痛苦，这究竟是出于怜悯，还是出于自私自利的动机，这种区别也十分巨大。"

"有时我几乎有种感觉，"尤迪特有点尖刻地说，"你更喜欢这个老人，而不是促成我们的目的。到头来你还会爱上这个糟老头。"

"扯淡，"我愤愤不平地说，"但我从来不和他对着干，而现在他简直有点让我感到惋惜。年老有病真遭罪，可他一直很有耐心，待人彬彬有礼！"

"两个圣人可真配到一起了！只是圣卡拉现在也不想重新

放弃漂亮的小屋。你还是帮他一个忙，掐住他的脖子吧！我不是很想干这种脏活！”

“为什么我们不能干脆让他以自然的方式死去呢？——晚安！”我说，示威性地打开门让她出去。

她站在门槛上转过身来，对我低语道：“如果你怀疑他根本不想入土，那么我们应该快点儿动手，否则他到最后还会想到另拟一份遗嘱。晚安，卡拉！”

我自然完全没有睡好。我神经质地咳嗽发作，担心吵醒整个房子里的人。我从床上坐起来，在床头柜抽屉里找出一块草药糖，然后突然听到门嘎吱作响，底楼随即响起脚步声。是夜里三点钟。是入室盗窃的人，还是这段时间在这里真不受欢迎的柯德？我害怕起来，钻进被窝里。我得打开过道灯，瞧瞧这个不速之客究竟是谁吗？假如我果真当场逮住一个罪犯，而后者又把我击倒在地呢？我又想起了那只绞肉机，以后要把它放在床旁边手能抓得到的地方。

好在我终于想到了这个最亲近的人，因为那个人想必就是沃尔夫拉姆，只有他才一天到晚每隔几小时就要摸索着上厕所。由于对自己的恐惧感到恼火，我服用了一粒缬草药片，马上沉入不安稳的睡梦里。我梦见沃尔夫拉姆变成了吸血鬼，在满月之夜出去打猎。

11
夜鬼

经历了那个不平静之夜之后，第二天早上，我的体力消耗殆尽，我的心情闷闷不乐，和沃尔夫拉姆完全相反。对，看起来这个老家伙简直像是要稍稍取笑我一下似的。

“我醒来时是多么快乐，我夜里睡得有多么安详。”他引用了一段儿童祷文，一边吃早饭一边对我狞笑。

我不是很清楚，他是仅仅针对自己呢，还是存心嘲弄我恶劣的心情。“我们这种年龄的人往往无法一觉睡到天亮，”我抱怨道，“可以被噩梦惊醒，翻来覆去地睡不着，被忧郁的念头骚扰，一旦熬到天明，真是种解脱。”

“善良的老默里克[1]曾经为失眠苦恼，”沃尔夫拉姆说，然后又顺理成章地引出一段诗文来：

---

[1] Eduard Moerike（1804—1875）德国抒情诗人、小说家和翻译家。

睡眠还无法闭上我的眼睛，
白日早已在我斗室的窗前苏醒。
恍惚的思维仍然在无数个疑惑之间徘徊不定
野鬼却已显灵。

我随即附和道：

恐惧啊，你别折磨
自己太久，我的灵魂！
高兴吧！晨钟
已在四处敲响。

“对对，”沃尔夫拉姆说，“我们俩对我们的诗人们了如指掌。现在的小年轻几乎都不知道默里克的大名，更别提弗丽德里克·肯普纳了。虽然我那么喜欢尤迪特，但是在这方面你是而且始终是最棒的。”

我好感动。沃尔夫拉姆与默里克共同提振了我的心情。

“只要你微笑，太阳就升起，给我一丝温暖，”沃尔夫拉姆说，“可在绝大部分时间里我觉得死亡要比我可怜地活着更好——所有那些日子充满着令人难熬的负罪感。当一切过去，才能一了百了，最终归于平静。”

“愿死者灵魂安息。”我只是说。

“另外，我自己被鸦片制剂弄得整天有点昏昏沉沉，”他继续说道，“可至少它们赶走了夜鬼，可然后我有时完全不做那些噩梦，比如最近我在睡梦里听到母亲令人安慰的声音。坟墓里也不再有默里克的晨钟……”

“你不相信死后还有生命吗？”我问。

“要是能再见到母亲就好了……可我不相信天堂的童话。对我而言死亡就是结束，就是一了百了。此外，那些同样的问题又会在天堂里重新开始！因此我禁止贝娜德特离开她的墓穴并非没有道理。”

待着别动！她的墓碑上写着这四个字，我想道，这听起来有点像是一句咒语。

“我到今天还不是完全清楚，你对贝娜德特究竟是爱还是恨。”我说，然后用审视的目光打量他。

他沉默良久才解释道：“确实只能是恨了，如果一开始是深爱的话。而且就算是屈辱也要比漠然更好。”

“你当初究竟喜欢她的是什么，而最困扰你的又是什么？”我好奇地问。

“她健壮的身材、她的头发、她坚定的步伐我都非常喜欢，她是一个丰满的美人，和尤迪特相似。可她的声音不舒服，太刺耳，有时歇斯底里。哦卡拉，别说这个了，这个现在可是不再重要了。”

“可对你来说始终还是，”我说，“强烈的内疚似乎一如既往地折磨你……”

“嗯是啊，当贝娜德特中风的时候……”

“那好，我是知道你感到自己有罪，可你断不会料到她处在危急状态之中！”

“假如没有因为那个愚蠢的水母吵架就好了！为了这个水母，我简直要疯了。”

“我还从没有听你讲起过水母的事。”

“我最希望把她从我的记忆里抹去才好。这个贪得无厌的萨波莉娜一向擅长对我的妻子洗劫一空。贝娜德特的兄弟姊妹早就去世，那个水母是贝娜德特唯一还在人世的亲戚。”

“为什么你偏偏把你妻子的侄女叫作‘水母’呢？”

“她一直在为某些弱势群体出力，组建协会，为动物保护或者受歧视人群比如新西兰原住民募资捐款。其中有一个项目名叫毛利纪念，她为此骗了贝娜德特不少钱。最后，连那些令人讨厌的火水母也轮上了。这个不愉快的话题已经谈腻了，我得躺下休息了！”

他回到自己的卧室，我终于收拾早餐桌，将碗碟放入洗碗机。接下来我要清洗盥洗盆，在沃尔夫拉姆的浴室里收集换洗的衣物。我住到这里之后，再也看不到超大尺码的粉红色短衬裤了。然后我就空下来了，要么悠闲地坐在院子里，要么躺在沙发上看书。就在我犹豫最愿意干些什么时，我的心里萌生了第三个念头：上面阁楼的尤迪特那里看起来究竟是什么样子的呢？她到现在为止没有让我看过她布置的房间。

她的汽车并不在马路上，因为她还得工作好几个小时。尽管如此，我还是轻手轻脚、小心翼翼地爬上阁楼。我内疚的心在和好奇斗争，它当然赢了。

尤迪特的房门锁上了。哎哟，原来她极不相信我呀，我有点恼火地想道，那就等着瞧。我又走下楼，在一只写字柜的抽屉里很快找到了一把备用钥匙，上面有一块很小的牌子，写着“M”。我有点上气不接下气地重新跑上去，可还是一无所获。难道这把钥匙不对吗——或许 M 表示玛丽亚——，难道尤迪特换过锁了吗？我试图透过钥匙孔偷看，终于发现似乎有把钥匙从里面插上了。

我略为不安地重新走下楼，想着那是什么意思。事实上只能有一种解释：柯德留宿在这里，睡在了尤迪特的床上，身上装满了毒品或者酒精。这样可不行，我暗自呵斥道，你们欺骗了我！难道我冤枉我的朋友了吗？难道她完全不知道她那个形迹可疑的家具搬运工趁她不在时住在我们家里了吗？

整整一天，我一直暗中倾听楼梯间的脚步声、大楼门的关闭声、马桶的抽水声或者其他可以证明柯德在场的间接证据。我虽然打算质问他，可同时也还是害怕和他发生不愉快的争执。难道我有权拒绝他踏进沃尔夫拉姆的家门吗？由于楼上没有任何动静，我便放下了这件事，直至尤迪特终于带着满满的购物篮回家。我当即拦住她的去路，想就阁楼房间里所谓可疑的响声质问她。

“我今天很累，”她没好气地说，“先让我清静会儿，洗个手……”说完急匆匆地爬上楼梯，整个晚上再也没有下来。

饭毕，我和沃尔夫拉姆还在电视机前度过了一段时间，几乎像是老夫老妻一样。那是一种惬意而亲密的氛围，我一天天地越发喜欢这样的氛围。我未曾料到那是在这里如此和谐相处的最后一个夜晚。

最近发觉自己的听力减退了，因为必须把电视音量调得更高。可大概也不至于在那个灾难来临的时刻我会没醒过来。假若前一个晚上没睡好，我往往会在接下来的那个晚上睡得像头死猪。没有任何东西，也绝没有任何东西能够把我唤醒。因此这一次也是如此，尽管确定无疑的是，发生这种事不可能完全没有声响。约莫八点钟我才醒来，有一瞬间的工夫对早上的太阳感到惊异，然后终于明白自己不在熟悉的小居室里。我有点懒洋洋地起床，先上了一趟洗手间，最后到了厨房准备早餐。九点半左右，尤迪特不动声色地走出大楼，急匆匆地发动汽车，再一磨蹭就无法准时赶到图书馆了。看来我们今天都起晚了，因为我也没有听见沃尔夫拉姆的动静。于是我独自吃了早饭，大家早上不用咖啡，就没我的事了。

中午时分，我开始担心起来，便小心翼翼地敲了敲沃尔夫拉姆的卧室门。见没有任何反应，我把房门打开一条缝，压低声音喊他的名字。发现仍没有任何反应，我走进昏暗的房间，拉开窗帘，一动不动地站在这个一动不动的朋友床前，他睁大的眼睛却呆呆地凝望着。我突然惊慌起来。难道他死了吗？

他痉挛的手摸上去冰冷。我不由自主地想到了普契尼的歌剧《艺术家的生涯》里那首咏叹调《多么冰凉的小手》。可这里说的不是歌剧，而是赤裸裸的事实。我揭开被子，检查他的呼吸和心跳，惊恐地发现他的脖子上有一道水平位置的紫色伤痕。原来是她干的好事，这个贪婪的荡妇，她残忍地掐死了他！

在几分钟完全手足无措之后，我想起，一个人看到死者，首先应该把他的眼睛闭上，可我自然无法做到这一点。

我跑到电话机前，往图书馆打电话寻找尤迪特。“你是个魔鬼，一个冷酷无情的谋杀犯！”我用尽最后的力气怒吼道，开始全身颤抖。

“怎么了？”尤迪特问，几乎有点百无聊赖的口吻，“我在等待客人。”

“你必须立即回来！我没法跟你在电话里解释清楚。跟你上司说你又腰疼了或者有其他毛病！”

“那我为什么应该回来？”

“沃尔夫拉姆没能从你的袭击中活过来！我们没有这么商定过这事！”我因为愤怒和激动不停地喘气。

“请别糊涂了，”尤迪特说，“我从前天起就没见过你的沃尔夫拉姆，如果他现在真的死了，那跟我一点儿关系都没有。不过我会尽快回家。——您好，林德曼太太，您真的也像喜欢上一部小说那样喜欢这部小说吗？”说完就挂了电话，我独自一人和死者待在一起。我感到恶心，于是奔进厕所。昨天夜里这个虚伪的尤迪特背着我并且未经我的同意就杀死了手无寸铁的沃尔夫拉姆，一想到这一点，我就感到阴森森的好可怕。我想安慰自己，他本来就恰恰希望这样，可还是徒然。在最后的日子里，我都不再确信他是否还有这个愿望。

半小时后，平时很酷的尤迪特，在大楼门口烦躁地摆弄了半天钥匙，然后立即奔进沃尔夫拉姆的卧室。我把被子揭开，默默地指给她看那条很明显的掐痕。

“你已经叫过医生了吗，你已经——除了我以外——和另外一个人谈起过这事吗？”她问。

我摇摇头。

“这个傻瓜！”她摇摇头说，然后仔细端详起那个出卖真相的伤痕。

“沃尔夫拉姆绝不是傻瓜！”我尖锐地说道。

“我又不是说他，而是说柯德，”尤迪特说，“一定是他干的。我真傻，跟他说过沃尔夫拉姆愿意被我掐死，可我就是下不了狠手。这是一个不可原谅的错误！柯德想必是想帮我的忙，结果又像以往一样闯下大祸。我们不是还完全没有有效的遗嘱吗？”

“这个可怕的柯德躲到哪儿去了？难道还一直在上面的阁楼里吗？为什么是你从前把他搞上了？”

“这是另外一个故事，我以后再跟你说。有因必有果，诸如此类。我们昨天晚上发生过争执，他夜里不知什么时候溜走了。我去瞧瞧他是否现在又在上面。”

不幸不声不响地来了，我只是想道。

尤迪特很快回来了。这个浪荡的鸟人已经飞走了。我们应该告发他，让警方搜捕他吗？

尤迪特竭力反对。“只要他不在酒醉时吹嘘自己的英雄行为，而是闭上他该死的鸟嘴，那么或许我们还有机会接下来成为房主。”她说。

“恐怕已经没戏了。好在我们的屋子还保留着。这是无济于事的，我们必须现在给他的医生打电话，”我说，“我们可不能就这么让沃尔夫拉姆躺在这里。”

“始终要不慌不忙，”尤迪特说，“请把我的妮维雅盒子拿过来，看看我们能做些什么。”

她小心翼翼地往死者的脖子上涂抹白色润肤膏，说我应该祝她交上好运、万事顺遂。

“你究竟怎么会想到这一点的？”我问。

她冷笑了一下。“总有一天你看过的书都会派上用场。你总是居高临下地看我，因为我几乎只看侦探小说。不过默里克和冯塔纳[1]这些大作家肯定还是帮不了你的忙。”

“你这种好方法究竟过多少小时才能起到效果？”我问，“也许我们可以欺骗他的家庭医生，我们直到下午很晚了才发现他已经……”

“我们虽然可以尝试一下，”尤迪特说，“但我本人并没有真的那么相信这种诡计，为了谨慎起见我们应该给他穿上一件大翻领套头衫。”

他的套头衫家里够多的，因为沃尔夫拉姆总是喜欢掩住自己松弛的脖子。可脱下死者的睡衣，然后给他穿上一件白色汗衫，再穿上那件有点缩水的黑色套衫，当真是重体力活。我们选了一件高领汗衫，以便润肤膏不会把涂油的痕迹留在套衫里面。终于，我们对自己的劳动成果感到相对满意了，因为沃尔

---

[1] Theodor Fontana（1819—1898）德国著名小说家。著有《艾菲·布里斯特》《混乱与迷惘》《施蒂娜》等，其小说对后世德语文学影响深远。

夫拉姆虽然睁着眼睛躺在床上，但样子还算过得去。尤迪特想让他嘴角隐约露出微笑，但没弄成。

“把一件套衫穿成了睡裤，看起来有点傻。”她说。可我没有兴趣还要往他僵硬的身体上套上运动短裤。

“他的证件放在哪儿了？”尤迪特问。

我马上想到上面提及的那只最上面的抽屉，而所属的那把钥匙还在沃尔夫拉姆的裤袋里放着呢。我们翻找笔记本、证明、信件以及病历卡。直至找到遗嘱为止。大约五份不同的遗嘱以及几份额外的草稿虽然部分已经打印好，部分是手写的，但所有的遗嘱都还没有签名，也没有写上日期。

“这个傻瓜！”尤迪特第二次叹息道，“一切都被他搞砸了，可尽管如此我们还得给诊所打电话过去。”

因为医生正在给病人做超声波检查，门诊的女助理无法叫他接听电话，但她答应让他回电，半小时后他果然也打过来了。沃尔夫拉姆的家庭医生安慰性地说道，几周前他就预料到他的病人会有去世的可能，但这个消息对亲朋好友来说总是一种沉重的打击。等到门诊结束，也就是大约半小时以后，他就会过来，在签发死亡证书之后我就可以联系一家殡葬机构。

我们当然很害怕医生鉴定，尤其希望他不会想到——到头来完全借助于我们的帮助下——重新脱下这件紧身的套衫。我们极度紧张地守候在房间门口等待结果，可幸运的是，我们的担心被证明为毫无理由。现在这种死后僵硬症状已经很明显，医生很快完成了检查，在厨房桌旁填写表格。他估计死亡时间为早上五点，在死亡方式处打上“自然死亡”，并写上诊断结果：肿瘤转移后器官衰竭。支气管癌。第一道障碍被排除了。

之后，我们终于单独在一起了，拿起企业电话簿，寻找我们附近的殡仪馆。

12

伪造车间

殡仪馆负责人员在电话里说，他们要到明天上午才派人过来，很遗憾不能再提前了。在此期间，我应该找出并准备好必需的证件，也就是说，身份证、医生出具的死亡证、家庭户籍登记本以及医疗保险公司的投保卡一应俱全。他们也愿意在通常的手续方面给我们提供咨询和帮助。另外，我们可以考虑在哪儿和在哪个范围内举行安葬仪式。

“恐怕只能考虑火葬，”我对尤迪特说，“这样我们就可以保证那些掐痕再也不会成为问题。”

“完全相反，”她说，“根据我的了解，在批准火化之前，官方医生要进行验尸。再说，贝娜德特不是也没有火化吗？”

“是，当然，她躺在一个宽敞的双人墓穴里，沃尔夫拉姆考虑躺在她旁边的位置上。这个地方早就确定好的了。可是，我们应该刊登一个广告吗？而一旦那个水母露面，那该怎么办？”

“这所有的一切都不值一提。我们不应该浪费一分一秒，必须全神贯注于优化遗嘱上面。”

“你说什么？你是想伪造沃尔夫拉姆的签名吗？”

“不仅是这个签名，是整个遗嘱。按照现在的表述，只有当你如他所愿地送他上了西天，你才能得到这个房子和财产。用这种违反道德的协议我们永远不会得到遗产。那么究竟谁是那个水母？难道是我吗？”

我在跟她解释，可突然所有的力气离我而去。我被绝望所击倒，倒在沙发上，心里充满着悲哀和痛苦。我这辈子还从没有触犯过法律。除了青少年时偷过一本书，违反了几个不值一提的交通规则之外，我始终是个正派人。如果我准备好伪造遗嘱，那我走到哪里去了？我一辈子都不会原谅自己做出如此违法乱纪的事，我横竖不会乐意拥有骗来的房产。如果被证明有罪，那我就要因为伪造证书而锒铛入狱！可要是完全不采取任何行动，我迄今为止所有的努力都将付之东流，这种状况沃尔夫拉姆肯定是不希望看到的。

想到沃尔夫拉姆，我顷刻间泪流满面，我跑到楼上我的卧室，一骨碌躺倒在床上。我永远无法再和他一起和和美美地坐在沙发上看电视了，永远无法和他一起吃饭、闲聊以及交流回忆了。直到现在，当他不在人世之后，我才明白实际上我一直非常喜欢他，至少是尊重他。为什么我就没有满足于那第二份遗嘱呢？否则我就可以捞进一笔可观的遗产，没有任何恐惧，而且心安理得。或许用这笔遗产我就可以买进一个虽然不大却很舒适的私有住房。无论如何我们只应该采用这第二份遗嘱方案。只要在这个方案上签上名字和日期就行了——这个罪孽可以原谅，还能让人活下去。

我刚镇静下来，就跑下楼去，想说服尤迪特采纳我的决定。她已经把所有的遗嘱和草稿在沃尔夫拉姆的写字柜上摊开来。

她完全不同意我的想法。“过来，”她说，“我们俩现在就坐在厨房桌旁练习。瞧瞧谁模仿沃尔夫拉姆的笔迹更好。”

可现在谈不上模仿他的笔迹，沃尔夫拉姆的小号笔迹很老式，几乎过分认真，也很好辨认，还喜欢稍稍偏右。我发现有些字母带有独特的矫揉造作，比如 ß。他并不理会新的德语拼写规则，从来不会把连词 dass 写成两个 ss。我一直很喜欢描画，练习写字，用黑色毡笔在雪白的纸上勾画图案和花纹。对我来说，模仿沃尔夫拉姆的笔迹是一种愉悦的挑战，尤其是他的笔迹和我的笔迹绝不是那么不相似。

我们过度兴奋地并排坐在厨房桌旁，打开了一瓶葡萄酒作为兴奋剂。在我们面前摆放着一沓打印纸和各种不同的圆珠笔，我们又打开了一盏落地灯，光线明亮。刚试着伪造，就清清楚楚地表明我更有天赋，尽管我还完全不满意这样一个结果。

“你瞧，”我说，像一名刚上学的孩子那么热心，“很可惜这看起来还相当令人不满意。哪个地方有点不对……”

尤迪特满怀敬意地端详我的试验，在思量着。突然，她敲了敲自己的额头。“我们可也真是太傻了！很清楚的是，沃尔夫拉姆绝不会用圆珠笔写字，总是使用钢笔。可是他会把钢笔放在哪儿呢？这里写字的笔只有铅笔和圆珠笔。”

“对呀，他的购物清单甚至也是用墨水写的，”我忽然想起来，“或许我们可以在摆放零碎杂物的抽屉里找到。”

厨房里一只抽屉里果然存放着各种形形色色的大杂烩：密封圈、便条纸、牙签、标签以及诸如此类的东西。当我凯旋般地想拿起那支钢笔时，尤迪特一把拦住我。

“别留下指纹！”她命令道，我找到了一副一次性薄手套，它就放在一只粉红色塑料盒里，我有点闷闷不乐地戴上了这副叫人不怎么舒服的手套。至少这种寻找是值得的，因为尝试了多次乱涂乱写之后，我的笔迹看起来逼真多了。

“不是直接可以描出来吗？”尤迪特提出建议。

这一点我例外地要比她懂得更多。“那会出大错的，就算公证人长着一只眼睛也会看出来！字迹必须显得流畅，不得有凝滞感或者停顿过分频繁。我现在继续练习，到明天早上我就是一个地道的笔迹伪造专家！”

在满腔的热情中，我当初的疑虑很快被忘记精光。我写满了一张接一张的纸，一个接一个的遗嘱用作样品。我设想这仅仅是一种游戏，因为所有的这一切毕竟还不是最终的誊清稿。

天越来越黑，尤迪特早就放弃了可怜的尝试，翻开一本出版广告单，打着哈欠。

突然，我吓了一跳，因为听到一扇门在嘎吱作响，尽管不是大楼门。“柯德！”我低语道，尤迪特一跃而起。

“看来他在用钥匙开车棚的锁。”说完她走到过道，在地下室楼梯的入口处等候。

一种惊慌失措的恐惧向我袭来。假如遇到危险，我该怎么办？我飞快地统统搜走烤炉里我的创作试验品，躲在葡萄酒柜后面。

可是尤迪特和他似乎直接上楼去了，我可以听到他们吵得很凶。

我刚停止颤抖，又马不停蹄地做起模仿者的操练工作，直至眼睛累得快要闭上为止。可我还是把我的劳动成果重新藏入烤炉，才上床睡觉。就算什么时候柯德走进厨房，他也找不到任何证据。

我把自己关在卧室里。有一个杀人凶手睡在我楼上，我觉得太可怕了。

那天夜里，我做的梦很恐怖。我成了两个神话中的狼人的猎物，他们俩拉住我，发出毛骨悚然的叽里咕噜声，龇着牙咧着嘴，直至他们俩终于大打出手，然后互相撕咬起来。

虽然从理论上说，退了休的人想睡多久就可以睡多久，但遗憾的是，他们中很少有人还能做到这一点。节假日深更半夜不去睡觉，直至下午依然躺在床上酣睡，年轻人这种值得羡慕的本领，随着时间的流逝已经逐渐丧失。早在很久以前，我大多七点或者最迟八点醒来。不过像前一天那样也有例外，直到午时我要叫醒沃尔夫拉姆，却发现他已死去。

不过次日，我醒得早了一些，想冲个热水澡，先只是穿了件睡衣，给自己煮好了咖啡。

随后不久，尤迪特闻到了咖啡的味道，要求我给她倒上一杯。

“早上好，你不用再紧张了，他走了。”

“柯德吗？”

“当然不是那只狼，他只能叫人给抬走。我已经把柯德骂了个狗血喷头，他肯定不会再在这里露面了。我待会儿给我的头儿打个电话，至少今天还要请病假。十点整，殡仪馆负责死者崇敬与礼节或者就是做这种业务的人会过来。——你昨天的进展如何？都完工了吗？”

“到现在为止继续各种各样的练习，不过我一直还不相信你的想法。你打开烤炉，只是别加热！那里有我昨晚辛勤劳动的成果！”

“可我本来以为我们完全可以拿着一份完美的遗嘱放到他的鼻子底下……”

“我们就说沃尔夫拉姆虽然坚定地承诺给我遗产，但在惊恐不安中我们还根本没有寻找这份遗嘱，这么说肯定没有什么关系。毕竟我们昨天是在通常的办公时间之后才打电话给殡仪馆的。”

一个巨人分秒不差地准时出现了，他的脸上故意带着哀悼的神情。我说道，由于死者没有家人，他指定我作为他可信赖的人、朋友以及前同事处理组织和护理方面的所有任务，并且承诺在遗嘱中考虑我的权益。我至少可以出示银行委托书作为证明。因为安葬工自己的报酬已被安排妥当，所以他似乎也就放下了心来。他答应今天就到主管的户籍登记处申报沃尔夫拉姆死亡，在那儿也要申请好几份死亡证明，以便用于申领保险金、养老金，等等。他说我应该首先向沃尔夫拉姆先生的律师询问遗嘱是否在他手里。如果他那里没留下遗嘱，我应该从死者家里的文件里面查找，找到后交给地方法院，然后要求遗产法院出具一份遗产继承证书。只有手里拿到了这份文件，我才可以采取进一步的行动。他说死者将在大约一小时后由两名职员运走。

我们商定购买一只中等价位的棺材，他们也答应埋葬死者时不用穿寿衣，而是穿着现在身上的衣服。我们还获悉，那种长袍或者类似的衣服反正已不再时兴。我解释说，沃尔夫拉姆深受癌症疾病的折磨，不允许再有安放灵柩的安排。葬礼也只是在最小的范围内举行，没有牧师，没有致悼词的人，不过会播放死者生前喜欢的音乐，这事由我来操办。

那名殡仪馆工作人员离开之后，尤迪特说我应该坚持让他们立即关上棺材盖板。

“绝对不行！”我说，“只要有人用手指明确指着那个伤口，那么这个好心人马上就会产生怀疑。另外，他的职员肯定很高兴他们不必在死者身上摸弄很长时间。即便我不看侦探读物，但在某些事情上我还是比你更有经验。”

“对，对，”尤迪特咕哝道，“你是长者，有见识。不过尽管如此，你现在还是应该立刻开始工作了吧。”

“还只剩下一个问题，”我说，“柯德有没有残酷地折磨可怜的沃尔夫拉姆？”

“据说柯德没有开灯。那只狼看来只是发出愉悦的呻吟声，然后一切很快结束了。他可能完全没有明白过来谁掐住了他的脖子。也许他甚至以为他的老婆复活了，要把他召去。”

“柯德可以跟你胡说八道一通，我们当时又不在现场。”我叹息道，戴上了那副透明手套。

“我在寻找 DNA 的一些线索，好把它们分派到你完成的劳动成果上，”尤迪特说，“比如人们可以用沃尔夫拉姆的牙刷蘸湿信封，再在上面放上一根头发。”

“他不是没有头发了吗？”我表示反对，又开始写起来。等到运尸工过来，把尸体放入棺材运走，我依然没有非常满意我的模仿结果。我和尤迪特站到马路上，如释重负地看着那辆黑色运尸车装上棺材后一溜烟地驶去。

就在我们回到伪造车间之前，邻居阿特曼太太跑步过来。

“请接受我的哀悼！”她说,先跟我然后跟尤迪特握手。“肯普纳先生是在平静中离开我们的吗？”

“很幸运他是一觉睡过去的，”我说，然后擤擤鼻涕，“虽然我们都知道他的日子快到尽头，可是碰上他去世还是挺可怕的。”

“我有同感，”阿特曼太太说,“你们有没有通知萨波莉娜？”

“她究竟是谁呀？”尤迪特问。

“哦，是贝娜德特的侄女，”阿特曼太太说，“她无疑是唯一的继承人。因此她也可以从容地关心那些麻烦的手续。我很佩服您如此忘我无私地照料她！您知道葬礼安排在什么时候吗？”

尤迪特向我投来警告性的一瞥。“这个时间还没有确定下来。”我说，尽管这不符合事实。我们匆匆告别，没有让阿特曼太太进屋或者对那个水母说上两句。

“这个阿特曼太太，一个彻头彻尾的小市民，”尤迪特说，“你的脸究竟怎么了？你真的看上去几乎绝望透顶了！你可不是爱上这只狼了吧？”

“我永远不会再恋爱了，顶多爱上树林和鸟儿。你可瞧瞧，一只喜鹊在那儿的院子里飞翔——这不是太美了吗？”

尤迪特耸耸肩，命令道：“现在可要干活了，别说累了！只要伪造得无懈可击，这只鸟儿也归你了，因为它在高耸的杉树上筑了个巢。”

“在日耳曼神话里，喜鹊是死亡女神之鸟，”我说，“我更喜欢从远处观察它给雏鸟喂食。”

“实际上在我眼里烤笋鸡才是最可爱的鸟儿，”尤迪特说，“一只喂得肥肥的阉鸡。”说完开始对那首著名的《公鸡已死》[1]的卡农曲稍作改编，“狼死了，狼死了！”

我没有跟着她一起唱，因为我完全不觉得这个歌词有趣。相反的是，我把那张银行委托书放在我面前，开始在一张草稿纸上练习沃尔夫拉姆的签名。

---

[1]《公鸡已死》(Le coq est mort)原是一首法国五声部卡农曲，在欧洲有十余种语言版本。英格丽特·诺尔的处女作也是其成名作《公鸡已死》即由此而来。

13
新遗嘱

尤迪特在网络上查阅了很多资料，列举了伪造笔迹时必须避免的最致命差错。我渐渐觉得自己选错了职业。我的伪造品如此惟妙惟肖，我完全可以成为以假乱真的奥运冠军。我当然使用和沃尔夫拉姆一样的纸张、一样的钢笔、一样的墨水，通过勤学苦练掌握了和真迹一模一样的所有特征，包括每一个字母、运笔方向、选词、拼写方法、句子结构、分段以及行距。只有当要求司法机构的笔迹学家进行比较，或者要求刑事技术实验室提供鉴定，那么这件事就要棘手了。我明白首先绝对不允许产生任何疑问。最大的危险源是水母，她会对不承认遗嘱有兴趣。

尽管我确实对此事已经了解得更清楚明了了，但我还是给沃尔夫拉姆的律师打了电话，毫无恶意地询问有无遗嘱的问题。我说死者曾答应在我履行其意愿的前提条件下给我遗产，但我不知道究竟有多少金额。为了支付有待处理的费用，包括葬礼费、墓碑费以及墓地园丁费，我必须弄清楚状况。

律师对我的问题当然做出了否定的答复，但至少想起肯普纳先生给他打过一个电话，他们谈起过与此有关的计划。

“对，对，他打算留给一位女同事——出于对她辛勤照料他的感激——一大笔钱，或者也包括房产，”律师说，“但我们并没有谈及具体的细节；暂时要看肯普纳先生留下的一份有效遗嘱的外在形式，比如是否亲笔撰写、签名、标上日期，等等等等。有可能他在他的档案里留下了书面形式的样稿，我的当事人真是一个特别认真仔细和井井有条的人。只要有现成的遗嘱，就可以将它连同死亡证直接交给遗产法院，同时提出申请授予遗产证书。”

“到现在为止我还根本没有查看过。”我撒谎道。

新遗嘱虽然已经伪造好，可碰到日期问题我就开始怀疑了，于是左思右想。能不能从墨迹中看出遗嘱究竟干了多久？时间不能写得太早或过晚无疑会更好，我选择了和沃尔夫拉姆一起吃叉子点心的那个日子，因为那一天那位好奇的女邻居一定看见我了。然后，为了谨慎起见我给自己留了一份复印件，将我那份杰出的伪作塞进一只透明文件袋中，在一张标准 A4 纸大小的信封上写上“我的遗嘱”，同样递给尤迪特一副手套，然后把这件完成好了的作品交给她评估。

“形式上当然完美，只是内容我不喜欢。那里面没有提及我呀！”她失望地说，“难道你什么都不给我吗？我原以为我们合伙做这事，然后五五分成。”

“我对此已经彻底想过了，”我说，“如果一切如愿，我给你提供终身免去租金的居住权，你可以选择在底楼或者在阁楼住。除此之外，只要我知道贝娜德特用股票或者其他有价证券投入了多少资金，我也会慷慨大方地和你分享。”

“那首饰呢？”

“你喜欢的话，可以全部拿去，”我说，“不过先请过了葬礼再说。所以，现在还是好自为之吧，毕竟我承担全部的风险。一旦事情败露，我将因为伪造证件接受审判，而你可以申明此事与你无关。不过你别担心！在我们所有的障碍统统清除之后，我会考虑到你的利益。遗憾的是，到现在为止一切真的还是未知数。”

“没错，”她不假思索地说，“狼虽然死了，可是狼皮还没有扒下。既然你那么勤快，我现在也要帮点忙，把这封信给你寄出去。”说完急急忙忙地向门口走去。

此刻，尤迪特已经离开，我又一次把贝娜德特的首饰盒放到面前，第二次打量起她的珠宝来。我将一些小巧精致的旧戒指、胸针和项链拿出来藏在一只空肥皂盒里。接下来，为了保险起见，我想销毁沃尔夫拉姆原有的遗嘱包括他的草稿和我那些数不清的练习用纸，从地下室里拿来一只标有“纽伦堡伊丽泽胡椒蜂蜜饼”字样的空铁盒。尤迪特半小时后回来时，只剩下一小堆变成灰烬的碎纸屑，可她马上明白哪些东西和这些老掉牙的饼干碎屑一起被我烧掉了。我把灰烬倒入马桶里，希望能暴露出任何马脚的最后痕迹都被我清除了。

为了谨慎起见，我们决定不正式公开葬礼的时间和地点。不到一周时间，事情就已经进展到这种地步了。

尤迪特说自己已经休息过了，明天无论如何又得去上班，必须保持良好的精神状态。可我刚躺下，又马上爬了起来，关上地下室的门，也关上了我的卧室门，因为柯德口袋里可能还一直放着那把车棚钥匙。

晚上，我们虽然一起坐在打开的电视机前，可各自怀着心事。不知道什么时候，我关上电视，说道："节目越来越无聊了，以前还有更好看的'犯罪现场'节目。你答应过我要跟我说说柯德的事。请你倒是说说，他怎么会给你帮倒忙……"

"一切始于青年时期的不检点行为。我在中学读书时就认识他了，立即爱上了他。他跟我那些听话的同学完全不一样，也比我的同党们大一些，我感觉他酷毙了。当时他弄了个刺猬头发型。没过几周我们就难舍难分了，策划了鲁莽的计划：我们想移居国外，到泰国开设一家潜水学校或者为德国游客开设一家巴伐利亚餐馆。不过我们俩既不会烹饪，也不会潜水，不认识一条说得出名字的鱼，也不知道肝泥丸子或猪腿的烹饪法。可是柯德已经去过东南亚两次，如醉如痴地谈个不停。他中断了木工学徒的培训，靠偶尔打黑工生活，也贩过几次毒，总而言之是一个你可以跟他上刀山下火海的朋友。我刚好高中毕业，可还是一个乳臭未干的孩子，没有什么经验可言。我本来真的想当警察，可是泰国当然吸引人得多。生存所必需的资金我必须从一次绞尽脑汁的突然行动中筹得。我的计划对柯德来说是一件力不从心的事，可他没能拒绝我。他知道袭击银行不是儿戏，努力劝说我放弃这个疯狂的念头。可恰恰是他的反对挑起了我的反抗。"

"尤迪特，你现在可不要说你是他的同伙了吧……赶快说，你们事成了吗？”

“我们俩乔装打扮，穿了一身黑衣，戴上了蒙面套，和电视里看到的那样。我没发出一声，可柯德大吼道：把钱拿来，要不然就动真格了！可那名女收银员只是说：孩子们，别胡闹了。最好滚开，免得警察过来！就在我们还戴着面具站在这家小储蓄银行门前时，那个大楼物业管理员已经从厕所窗口看到了我们。我们恐慌起来，又跑了出去，刚好碰上警察。”

“你们运气真好，输惨了吧。”我说。

可尤迪特猛然做了个拒绝的手势。“可惜柯德身上带着武器，那是他不幸的根源。他完全作为保护者，承担了所有的罪责。他说是他劝说我和他一起行动，尽管事实完全相反。偏偏柯德之前因为贩毒被判过刑。他因为试图抢劫勒索被判处五年徒刑，相反我只是处以青少年劳动教养缓刑以观后效。至少我得在那家城市养老院、公园里扫地三个月，或者我必须擦洗公交车。”

“然后呢？柯德坐满五年牢了吗？”

“没有，不过有四年。一开始我还经常去探监，可不久我就有了新男友。他获释之后在我家里住了一段时间，但我们之前的那种激情已经一去不复返了。遗憾的是，他始终还像链条一样依赖于我，想必他也别无其他玩伴了。”

“我要流眼泪了！我应该假装同情吗？尤迪特，我第一次见到他就不喜欢他。你真的可以找到更好的！”

“他的日子一向不是很好。”

“很多人都这样，但他们没有犯罪……”

尤迪特哈哈大笑。“别夸大其词了！有一句俗话怎么说来着？

自己出了差错，别指责人家的不是。”

我怒气十足，因为她确实说对了。可我是不会那么轻易被打发的。“你们还睡在一起吗？”我追问道。

“其实没有。”尤迪特说。

“换言之：有时还有！”

不仅我被激怒了，她的语气也明显更尖锐了。“卡拉，首先这和你没有半毛钱关系，其次有些东西你不是很能明白。多少年来你就像尼姑一样生活着，你根本无法想象年轻是一种什么样的滋味……”

她这么一说，我真的生气了。如果有人指责我的年龄或者完全指责我有着一种假仁假义的信念，那么我会做出受辱的反应。“我很高兴你明天又要去上班了。”我回答完离开了房间。

我把愤怒发泄到了贝娜德特的衣橱上。我把她帐篷似的衣服一件件地塞进一只蓝色垃圾袋里，我亟须为自己的东西腾出空位置来。当我想把那些牺牲品带到垃圾桶里去时，我的心里自然产生了疑虑。阿特曼太太一定在窗口窥探，然后按照她自己的想法解释我的行为，很有可能想要悄悄地揭开谜底，于是苦思冥想。不错，她认为这个房子连同所有的财产都属于那个水母。因此我决定趁着夜黑和迷雾时将那只垃圾袋装入一只公共旧衣集装箱里，然后再继续整理东西。我看到有一件丑陋无比的粉红色睡衣，在其中的一只口袋里发现了一支振动按摩器。出于好奇，我将所有的衣服重新倒空，摸遍了所有的口袋。起先只是碰到一些很乏味的东西：用过的餐巾纸，一把梳子，一张乱涂一气的购物便条，以及信箱的备用小钥匙。在一件条纹雨衣的一只拉链口袋里，我终于找到了一张淡红色的明信片：

亲爱的贝娜德特姑姑：

衷心感谢你慷慨大方的捐赠。或许这封信你不让沃尔夫拉姆姑父看到更好。他真的总是仅仅嘲讽那些水母的痛苦，又说游泳度假者的痛苦要厉害得多。这虽然很有趣，却是完全忽略了所有生物的自然保护。

只要我的“毛利纪念”协会被承认为公益组织，我将寄给你一张三万欧元的捐赠发票，你可以将发票转交给财政局。你的钱将富有意义地划归一家寄宿学校名下，那里都是新西兰原住民中的受歧视孩子，他们绝对需要大量的资助。

亲爱的姑姑，我拥抱你。没有你的帮助，我永远无法使我的社会与生态项目成为现实。

你的萨波莉娜

我觉得沃尔夫拉姆的愤怒是完全可以理解的。看起来完全就像是这样：她们俩背着沃尔夫拉姆姑父，贝娜德特姑姑犹如一只圣诞鹅那样被这个精神有点失常的萨波莉娜掏空了内脏。最后，全部的财产都已经没了，我们不必再考虑对我们的房子进行适当装修了！

14
水母

第二天，天气晴好，我独自一个人惬意地享用早餐，甚至还把早餐安排在阳台上，从从容容地看着报纸，听着背景中的鸟儿在歌唱，感觉像在度假那样悠游自在。我一生中完全不受任何打扰的最长时间曾经开始于早上，因此我也想好了以后要避开大约九点时和尤迪特见面。正因为如此，我想——就像今天那样——在她离开之后再进入厨房。

可是，各种各样令人不快的义务在等着我，因为沃尔夫拉姆去世后，我要和形形色色的官僚主义进行挑战。毕竟作为遗产继承人我负责按规定处理他的尘世生活。我连对自己的票据都很讨厌,而要熟悉那些陌生的档案,那简直是恐怖至极。此外，和我不同的是，沃尔夫拉姆是公务员，他的养老金是由其他机构提供汇款，而我的养老金则是自己定期领取。是否正如他的律师声称的那样，他真的已经把所有资料那么仔仔细细和规规矩矩地分门别类放进文件夹中了呢？可或许，我也有机会见到银行信件、银行对账单以及肯普纳一家的储蓄证明。

就在我想要专心致志地研究那第一只标有“保险”字样的公文夹时，我听到外面有辆车驶到门前。不一会儿，门铃响了。我并非不乐意被人打断这种令人讨厌的工作。外面站着一个时髦的年轻女子，手里牵着一只金毛犬。她自称是肯普纳家的侄女——萨波莉娜·勒斯林——，未经邀请就进了我家的大门。转眼之间，她就已经庄重地端坐在客厅中央的沙发上，那条狗只是灵巧地一跃便打开了厨房门，在垃圾桶旁忙个不停。

“我姑父去世，您为何不马上通知我？”萨波莉娜开门见山地问道，“要不是阿特曼太太打电话给我，我一直还蒙在鼓里呢！”

“我又根本不认识您。从来没有人提及过您的名字。此外，在我照顾肯普纳先生的所有那些日子里，您从不觉得有必要询问一下他的健康状况如何。”我冷淡地说。

“没有啊，”她说，“我是很想过来的，可他马上又把电话挂了。”

“他一定有他的原因。”我反驳道。

我们彼此敌意地看着对方。

之后，看来她决定改变策略，用她不善伪装的友好姿态露出她的鼠牙。“我当然很感谢您照顾我姑父，”她说，“但愿他已经给过您相应的报酬。和许多老人一样，他有点吝啬。您现在究竟是住在这里吗？或者我如何理解您在这里？——过来，贝拉布洛克！”

那条狗自豪地流着口水叼来一条油腻的抹布。

我义愤填膺地说："您那位身患重病的姑父很久以前就无法独自生活了。我是他以前的同事和朋友，他在陷入困境时请我帮帮他，因为他绝不想被送到医院去。因此我照料他，为他洗衣做饭，打扫卫生，外出购物，把他的床扛到底楼，给他在下面安排好卧室，因为他没法再爬楼梯了。除此之外，我也在日复一日地尽力满足他的最后愿望。"

"我当然会对此表示感激，"水母说，"只要您喜欢，您可以挑选一件纪念品，比如他非常喜欢的那只漂亮的毕德迈尔风格的写字柜。"

"沃尔夫拉姆留下了一份遗嘱，"我说，"他答应对我的热心帮助给予慷慨的补偿，也为葬礼和墓碑准备了足够的现金。也就是说，在您提供给我一件家具之前，您首先应该打听清楚他本人的安排。比如他提到一家海德堡的临终关怀医院，他同样希望考虑到它。"

"一份遗嘱？它在哪儿？里面写了什么？"她问，看来很担心。

"不知道，"我说，"它在一张密封的信封里，我已经根据他的律师的建议直接把那封信寄给了遗产法院。您好歹得耐心等待，那些相关部门需要处理的事情太多，据说有可能最长一年时间才能签发出遗产证书。"

"您既然估计到是遗产的事，为何没有打开这封信呢？"

"我可不敢！"

"我今天会亲自到地方法院打听一下情况，"萨波莉娜说，

“希望您没有放弃您自己的房子，因为我要尽快卖掉这里的房子。我想您还可以在这里待上几天，不过然后我就要收回它以方便人家来看房了。”

“我搬到这里来住是您姑父的愿望。另外他已经请我负责在他墓碑上刻写碑文。在这一切完成之前,我不能离开这里。”我说，然后急切地考虑我应该持怎样的态度，究竟是毫无恶意和彬彬有礼，还是充满攻击性和挑战性。我绝对不能让人看出这一点：谁也不会比我更了解遗嘱的内容。而且我的确为我感到自豪，我用伪造的笔迹向上述那家临终关怀医院捐赠了两千欧元。

可这个水母做出回应道：“虽然这是出于好意，可是作为最亲的家属我会办理必要的手续。您不用再露面了。您不必为此操心。现在我要检查一下这个房子。”说完她站了起来，“尤其是最上面的阁楼间，我已经多年没上去过了。”

“门锁上了，”我说，“我没有钥匙。另外，十分钟后我要去看妇科大夫，我请您现在离开这个房子。”

“您尽可以放心去看医生，”她说，“我还要在这里待上一会儿，看看房子，回忆一下我那些古怪的亲戚以及在贝娜德特姑姑的院子里度过的慵懒的假期时光。不过这个院子已经给人一种相当荒芜的印象，急需一名专业人士……”说完她打开阳台门，走出门外，夏日和风习习，她用拒绝的眼光打量着茂盛的荨麻、飞廉和春黄菊。那只狗从我们身旁挤了过去，漫无目的地在高耸的草地里奔来奔去，然后开始起劲地在杉树下面挖着玩。只是我该如何摆脱她和她的野狗，我绝望地想到。

就在这时，阿特曼太太探出窗外看到了这一幕，迫不及待地要过来帮我的忙。她使劲挥手，不一会儿就进了自家的院子，挤过女贞矮树篱，对着水母拼命握手，开始跟她喋喋不休地唠叨开了，指引她到隔壁院子的一张长凳上落座。

我飞快地关上所有的门，匆忙奔向汽车，驾车飞驰而去，尽管我知道将她拒之于门外并不是长久之计。

我家老房子有股霉味，我得先通风一下。然后我才真正意识到，这里的一切是多么寒酸和压抑，根本无法和一个空旷的大房子相媲美。无论如何我不想再蜗居在这个小屋里了。假如这个水母真要自以为是的话，我想道，我们手里还有更好的牌！她会大失所望的！她看上去也不是恰恰像一名环保人士，还不如说像是一个穿得花里胡哨的监事长妻子。她应该领教领教我们的厉害。

趁这个时间，我往那只最大的箱子里塞满了睡衣、内衣、夏季穿的衣服和凉鞋，也没忘记我的旧草帽和一件游泳衣。在我的新院子里，我要比以往任何时候更好地享受这种晴空丽日。我也带上了一只榨汁机和我常用的那把菜刀。那本日历和我那本通信录应该在沃尔夫拉姆写字柜的电话机旁边找到一个固定位置，从现在开始，那只实用的购物篮和那把很贵的雨伞将会存放在汽车的后备箱里。趁现在这次回家，我还要赶紧把一大堆自己慢慢喜欢上的小东西、照片、图书以及花瓶收拾起来。三小时后，我才重新回去，小心地围绕海狸街行驶，寻找萨波莉娜的车子是否还在。她真的不在了。我终于安心地下了车，把我的家当带上楼。可这个不速之客的来访让我如此紧张不安，我实在无力重新研究那些讨厌的票据。最终我在那天下午仅仅重新一一捡起被撞翻的垃圾桶里的垃圾，清除了脏兮兮的狗脚印，偷吃了尤迪特的甜食，并且很快又胆怯地放弃了和荨麻的战斗。

我惊讶地发现我正在焦躁不安地等待着尤迪特回来，而我对她恶意的意见引发的愤怒已经完全烟消云散。毕竟她是唯一能和我一起谈谈水母的人。

尤迪特的反应显得烦躁不安。“她会不承认遗嘱，”她担心地说，“她肯定认为她至少继承这个房子的遗产。可眼下我们只能等待。——她究竟知道不知道我也住在这里呀？”

很难说。毕竟我们不知道阿特曼太太都跟她闲扯了些什么。“我们绝不能让这个邻居成为我们的敌人，”我说，“或许我们应该请她过来喝杯咖啡……？”

“你在院子里慢腾腾干活的时候，这个喜欢说人闲话的老阿姨可以观察到你。”尤迪特说，“谁知道她从中得出了什么样的结论。你有没有这种印象，她和水母两个人是同心同德的？”

“我无法做出评价，”我说，“这个阿特曼愿意跟每一个她想找碴儿的人闲聊。但愿她没有看到我把原来住的房子里的各种各样行李带过来了。”

“这个水母究竟住在哪里？她开的是什么车？”

“一辆价值连城的车子，据我所能判断的话。HP 牌照[1]。”

---

[1] HP 牌照使用范围位于黑森州达姆施塔特行政区下属的贝尔格大街县境内。贝尔格大街既是大街名，又是县名。

“那么她是住在贝尔格大街某个地方或者在奥登瓦尔德，照例看望她生病的姑父没有任何问题的……”

此刻我终于再也忍受不下去了，抽出那张王牌——那张粉红色的明信片。尤迪特看着上面的文字，眼睛睁得很大。

“这个水母可真是把她的姑姑牢牢抓在手里了！现在她要是空手而归，那对她这个一贫如洗的人而言肯定是个残酷的打击。”

“她看起来真的并非如此！可除此之外我对她完全不了解。也许她有一个有钱的丈夫，有着城堡和宫殿，男男女女的仆人，另外有十条野狗以及七个健壮的儿子……”

“阿特曼太太会很乐意把这一切告诉给我们听的，”尤迪特说，“我把垃圾倒到外面去。”

她拿着垃圾桶和扫把走到外面的马路上；我从过道的窗户观察这一幕。阿特曼太太虽然让人等了一会儿工夫，好歹得让尤迪特清扫人行道，可然后她果然露面了，她们俩开始闲聊起来。一直过了二十分钟，尤迪特才回到大楼。

“很遗憾我不得不将葬礼日期透露给她，她坚持要问，”她说，“不过我现在知道了那个水母住在奥登瓦尔德，住在瓦尔德－米歇尔巴赫。她和我年龄相仿，未婚，但有一个男友。她的红头发是染的，她本来的头发是深黄色的。阿特曼太太对她的社会项目一无所知，只知道这个水母非常喜欢动物。——卡拉，我担心我们还会碰到一些事的！”

“你觉得我应该到遗产法院——完全和萨波莉娜一样——打听一下遗嘱的内容吗？”我问道，“偏偏就是我不想知道这个情况，看起来好傻……”

“不过嗨！”尤迪特说，“你应该明天就过去问。在这只水母伸出触须之前，我想先用你的银行委托书尽快把这只狼账户里的钱全部拿出来。否则我们到最后注定还是两手空空的命运。”

我点点头，开始削土豆皮。

“哦尤迪特，我都忙得晕头转向了。这些令人讨厌的票据！先等到葬礼结束了再说吧……”

“我的天，我们可都是自己人呀，没有牧师，也没有参加葬礼的来宾。这事不消几分钟就过去了。”

“沃尔夫拉姆还没有长眠在地下。那个水母可以申请尸检……”

“太平点多好，她为什么要这样做？毕竟她很高兴他死翘翘了。”

“这倒也是。但是我至少得找好合适的音乐，沃尔夫拉姆挑了他喜欢的作品，比如《史瓦尼河》和《再见，约翰尼》。不过贝娜德特最喜欢的歌曲《孩子，马上回来吧》我肯定不能放上。”

“卡拉，你真是不可救药。沃尔夫拉姆肯定再也听不到这个音乐了，你可以同样好好地在这儿的厨房里放给我听。”

我摇摇头，无论如何我也要信守自己的诺言。

葬礼之前的几天时间我是在清扫中度过的。由于多年来采用这个策略，即首先用次要烦心的事情来替代最不舒服的事情，于是我把山一样高的一堆纸推到自己面前。我一直更喜欢熨烫堆积如山的干净衣服，而不是打扫油腻发亮的烤炉，更喜欢给我哥写一封推迟了很久的感谢信，而不是抱怨过高的手工制作费账单。我不得不以这种方式在短时间内感到内疚，可在歇了一小会儿之后，现实又总是追上了我。

在那个短暂的时间里，我们听不到水母的任何消息，也看不到她的影子，虽然由于费劲的体力活我白天可以不去想这件事，可到了夜里就由不得我了。在我的梦里，萨波莉娜·勒斯林潜伏在我的浴室里，用荨麻毒麻醉我，用她那胶体状的触手把我拉到浴缸里，试图淹死我。

15
葬礼

尤迪特休假参加葬礼，另外两名图书馆女管理员也要过来。如此风和日丽的时光，她们宁愿到墓地里来回散步，也不想埋头在书堆后面工作。

上一次来时，在经历了漫长的冬季之后，墓地里还是一派枯枝败叶的景象。这一次，空气里弥漫着花朵的芳香，一只欧鸲从一块石头蹦跳到另一块石头，我激动地发觉，这是松鼠、蝴蝶和鸟儿们的世外桃源。树木枝繁叶茂，大地用绿色裙裾覆盖它的尘埃，我独自哼唱起来。墓穴上生长着秋海棠、四季海棠和欧石楠。一个多么美丽的地方呀，我想道，那许多长有苔藓的小天使上面几乎已经杂草丛生。

我第一个到达公墓小厅。我在棺材前犹豫不定地站了一会儿，先是看到阿特曼太太来了，然后是尤迪特和她的女同事们，最后是水母也来了。除了我和阿特曼太太之外，其他人没有穿黑色服装，自然也没有谁穿着欢快颜色的衣服。我的女邻居带来了从她院子里采摘的一大束花，给参加葬礼的来宾分发鲜花。

“等布道结束，我们应该把鲜花放在棺材上。”她低语道。或许她很失望葬礼上居然没有人致辞。尤迪特用沉着冷静的语调说，死者不需要任何仪式，只是希望听到两首乐曲，希望能播放那两首歌曲就好。紧接着，我们还在各自的座位上默坐了五分钟，直至一名穿着灰色工作服的男子向我们投来疑惑的目光，我朝他匆匆点了点头。棺材随后被抬走，我们跟在后面。

突然，水母涨红着脸出现在我的一边，对我恶言相向道：“图谋骗取遗产的女人，”她尖叫道，“我还会找上门来的！”

我同样轻声地反唇相讥道：“只要您愿意，您尽可以选择一件贵重的纪念物，比如一件毕德迈尔风格的写字柜如何？”

令我吃惊的是，水母朝我吐了口唾沫，猛地转身，离开了送葬的行列。众人不约而同地看着她沿着长长的林荫大道走下去。窃窃私语声从人群中传出，且一时不绝于耳，直至我们抵达目的地才终止，那块墓地已被挖出来，直接位于贝娜德特的长眠之处旁边。未曾到过这里的人，怀疑而又诧异地看着墓碑上的文字：待着别动！又是一阵肃穆而短暂的沉默，之后棺材被埋入地下，并用土遮掩上。我的心里油然而生轻松之感。谁也没有再打开这只盖子，在最后的时刻把沃尔夫拉姆的圆高领捋下去。我们一个个将手里的鲜花扔到那座小山丘上，最后缓慢地向停车场方向徒步而去。我在那里和尤迪特和她的女伴们分手，她们必须回到图书馆上班。

“我的公共汽车要过半小时才到。我能搭您的车一起回家吗？接下来还有咖啡和蛋糕的追思会安排吗？”阿特曼太太问我。

“您上车吧，”我说，“您干吗不事先跟我说好，您来的时候我不是也可以搭您过来的吗？没有，按照死者的遗愿没有这种他所指的小题大做的活动，不过如果您有兴趣，您可以和我一起喝杯咖啡。”

尽管感到有点不舒服，可是我还能说别的话吗？我很难把她拒之门外。现在我只是希望她在我的堡垒里证明不是特洛伊木马。

“我一直还有点稀里糊涂，”阿特曼太太说，“我还从未在葬礼上听到过这样一种音乐，不过海因里希·伯尔葬礼那天倒是整个茨冈人乐队在演奏呢。”

“吉卜赛人。”我纠正道。

阿特曼太太根本不想坐在阳台上。看样子她最熟悉的就是我的房子连同家产。

“我和贝娜德特经常在这里闲聊有过多少次了呀，”她说，“而且这真是太棒了，我终于可以坐在舒适的客厅这里。说实话，在悲伤的葬礼之后，如果能喝上一杯美味的浓咖啡，那我真是太高兴了。”

我急匆匆地跑进厨房，可是让门敞开着。我可以采用这种方式耳闻目睹阿特曼太太的动静，她绝没有待在她的座位上，而是蹑手蹑脚地走来走去，望了望书橱，瞧了瞧写字柜，还朝各个角落探看。好在我已经彻底打扫过了。

当我们终于为彼此的健康举起咖啡杯、啃着饼干以及详详细细地抱怨海狸街停放着许多汽车时，阿特曼太太开始小心翼翼地向我打听情况。

“萨波莉娜·勒斯林流着眼泪跟我说，她的遗产完全没有被考虑到，这是真的吗？”

“呃……”我拖长语调说道，忽然想到我该如何反应才真实可信，“我当然感到很遗憾，可我无疑和勒斯林太太一样感到惊讶。不过肯普纳先生不止一次地提到，他和妻子的侄女之间关系不好，因为萨波莉娜请求好心的姑姑拿出钱来投入毫无意义的项目上。就这点而言，他的感激不是针对她，而是针对我，这也在情理之中。”

“您难道继承全部财产吗？”她好奇地问。

“绝不可能，他还考虑了海德堡的一家临终关怀医院。而且很有可能我还面临陈年旧账、抵押资金和新的债务。”

“您要卖掉这个房子吗？遗产税肯定相当高，因为您确实不能算是他的亲戚。”

我还完全没有想过这件事，我吓了一跳。虽然我不知道要支付多少税率，但从最坏的情况考虑，它可能要占去总价值的一半。那我就可以放弃拥有私人住宅的梦想了。只是千万别让人看出任何蛛丝马迹，这是我的座右铭，因此我老练圆滑地回避道：“直至现在，我觉得一切仿佛童话一样，我还没有想过后来会怎样。暂时先得处理一大堆的事情，比如负责墓碑的事。”

“我不得不承认，”阿特曼太太说，“我还从没看过贝娜德特的墓碑。上面的碑文我完全不明就里，您能跟我解释一下那是什么意思吗？”

我耸耸肩。我想道，一旦看到沃尔夫拉姆的墓碑上写的是什么，这个好女人还会感到大吃一惊的。可我暂时尽可能说得不让人感到困惑：“勒斯林太太也在我面前明确表达了她的失望。难道她的经济境况很窘迫吗？从她开的车子倒是看不出这一点来。”

“相反，”阿特曼太太说，“贝娜德特和她的哥哥出身于殷实的工厂主家庭，他们俩继承的遗产足够多的了。那个兄弟，也就是萨波莉娜的父亲，已经去世十年。他的前妻比他早过世。萨波莉娜——我不是很清楚是怎么回事——由于决策错误或者投资失败赔了一大笔钱；但尽管如此，她也不可能是个穷人。不过现在还是让我们为您的意外之财干杯吧，”阿特曼太太说，“我冰箱里还有一瓶香槟酒，我马上去拿来……”

“多谢，今天就算了，”我说，“因为所有这些令人不安的事，我的肠胃有点紊乱。——我倒还感兴趣的是，萨波莉娜·勒斯林究竟是干什么工作的。”

“我说不清楚。作为有钱父亲的小女儿，她东学一点西学一点，甚至还选学过凯尔特学课程。一会儿想做个滑稽戏舞蹈演员，一会儿又想做个制作风筝的人。眼下她想做个什么我不知道，她男友有没有工作我也不知道。因此可以理解，她父母，包括贝娜德特都很担心她的将来。不过那些人全都不在人世了。”

“沃尔夫拉姆·肯普纳曾经暗示过，那个水——，我是说，萨波莉娜关心受歧视者，为此投入了时间和金钱。您知道这方面的情况吗？”

“一切都有可能在她身上发生，”阿特曼太太说，“不过如果真有这事，我还是感到很惊奇。”

从她这句话至少可以得出结论，阿特曼太太对这个水母并没有过高的评价。这让我稍稍宽下心来，因为我现在觉得这两个人联合起来对付我几乎不可能。

阿特曼太太第二次用目光扫视了一下。“贝娜德特有一只非常可爱的瓷器做的白象，它以前就放在兰花之间的窗台上。我不是很清楚是否肯普纳先生把它收拾掉了，或者把它放到其他地方去了。我倒很想再看看它！”她说。

我明白问题出在哪儿了。我从贝娜德特的缝纫室里拿来了那只笨拙的大象鼻玩具，幸运地永远摆脱了这件毫无艺术价值的玩意儿。

告辞时，阿特曼太太不仅跟我握了很长时间的手，而且还向我表示了敬意。她说对我在肯普纳先生生命最后艰难的时间里给予他的陪伴、关心以及照料深受感动。“即便对骨肉至亲，这样的事也很少发生，”她说，“我对您能获得这意外之遗产由衷地感到高兴，也祝您将来万事如意！”

也许她把自己过分热情的言辞和希望能获得更多的小摆设结合在一起了。

今天做的事已经够多了，我想道。葬礼、遇到水母难堪的突袭以及好奇的女邻居的来访，夺走了我所有的力量。到了该午休的时候，我并不是躺在打开的电视机前的沙发上，而是躺在拉上窗帘的卧室里。可我一时还难以安定下来，一再以为听到了楼梯的脚步声，或者看到幽灵在房间里飘荡。我完全心知肚明的是，我有了敌人：不仅是水母，而且还有柯德，他因为我的缘故再也不敢光临。可能还包括死者，他们正在发泄自己的怨恨和不满。贝娜德特毕竟将她的侄女预定为继承人，沃尔夫拉姆则希望尤迪特——肯定不是柯德——成为他的死神。这两个人要我对他们计划的失败负责，将会在九泉之下对我实施报复。

有时候人会活见鬼，我试着安慰自己；沃尔夫拉姆向我保证说，他认为死亡是一了百了，实际上我始终报以同样的观点。为了分散自己的注意力，也因为我无法安眠，我从众多的诗集中拿出一本看。沃尔夫拉姆在诗集里画出了一首格言诗：

所有的金钱和所有的财富
虽然可以满足你很多东西；
可它们依然无法带给你
健康、睡眠和好心情。

我对马蒂阿斯·克劳迪乌斯的哲语沉思良久。此时此刻，我多么想和沃尔夫拉姆一起坐在沙发上，讨论人生的意义，可不知什么时候我大概又打起了瞌睡。

一记可怕的喘息声突然而又粗暴地把我从沉睡中惊醒，我吓得跳起来，目瞪口呆地吼叫起来。这次要比噩梦还可怕，因为德古拉直接朝我弯下腰来，露出他的裂齿。

好在尤迪特马上揭下面具，笑弯了腰。可是因为我不想停止歇斯底里的呜咽，她怀着内疚请求我的原谅。

“我真的不想吓住你，在经历了所有那些悲伤之后，我已经鬼迷心窍了。我一口气把这只狼所有的化装服统统试穿了一遍。你不觉得我特别适合扮演吸血鬼吗？”

“你可以吓住我。”我说，然后禁不住哈哈大笑，和我之前啜泣时一样断断续续和尖锐刺耳。

后来我们安静地坐在厨房里，吃着番茄沙拉，给肝肠面包涂抹上黄油或果酱，因为我们俩都没有兴趣做饭。尤迪特从地下室里拿来一瓶葡萄酒，幸运的是沃尔夫拉姆的库存还可以管上好几个月。我们深入谈及墓地发生的事，说起那个水母的最新信息。最后，我还想起了遗产税的问题。

“我也想过这个问题了，”尤迪特说，“为了支付税费，如果出现最坏的情况，我们必须卖掉这个房子——不过，或许沃尔夫拉姆真的还有很大一笔钱。明天你无论如何应该把他的票据全部翻出来看看，我没有时间。”

“税费是其中一个问题，”我说，“第二个问题就是那个毒水母，她会认定遗嘱无效。”

“就让她试试好了，”尤迪特说，“没有比你更好的伪造专家了。”

“侦探专家不是我，而是你，”我说，“你恐怕肯定知道一个专业人士哪怕对最出色的伪造也能揭穿。”

“那首先必须有人提出邀请专业人士的要求，”尤迪特回答，“那个水母再三考虑是否要起诉。根据阿特曼太太的说法，她自己不想成为无辜的羔羊。你再说一下她那个奇怪的项目叫什么？”

“毛利纪念。”我说。

尤迪特懒洋洋地站起来，拿来手提电脑，输入该词条。可是谷歌给出的指令不可动摇而又毫无仁慈之心：您是要搜索“死亡纪念”吗？继续查找下去，还是一无所获。

“我这就到‘慈善监察机构’的那个网站上查查看。”她说，然后读给我听，说是德国有数十亿捐款用于慈善目的，但遗憾的是，也有许多犯罪的救灾机构借着公益的幌子完全在为自己大发横财。

“对，如果这是新西兰的一家儿童村救助站，”我想了想说，“那我不大会有怀疑。可是在这个名称之下根本就没有一家寄宿学校或者哪怕一家协会。这个好心人萨波莉娜·勒斯林肯定是让她的姑姑彻底受骗上当了。”

“我们必须趁来得及的时候智取这个水母。进攻始终是最好的防守。”尤迪特说，她喜欢空洞的客套语言。

“或许是一封敲诈勒索信？一份匿名指控？”想到我的这些犯罪建议，我突然有种感觉，我们——两个过着富足生活的图书馆管理员——突变成了一对完美的歹徒搭档。一方面我认为这绝对是卑鄙无耻的行为，因为我这一辈子可是一个遵纪守法、品德高尚的女人，可另一方面却也对这种极其惊险的新发展充满兴趣，它要比电视里播放的一部《作案现场》电视剧扣人心弦得多。

尤迪特显然还从未像我那样过得如此平淡无奇过。我几乎稍稍对我接二连三的顾忌和我这种小市民气的善恶观感到羞愧。我还一直喜欢把尤迪特当作朋友，因为我很佩服她的大胆和果断。

尤迪特打断了我的沉思：“一不做，二不休！”

“既然你那么喜欢扮演吸血鬼，”我建议道，“那你不是可以好好吓唬一下水母呀。你在半夜里以吸血鬼的形象出现在她面前，用沃尔夫拉姆的声音说话，训她个狗血喷头……”

“好主意！”她兴奋地嚷道，“卡拉，你越来越有创意了！”

16
保护色

那真是费劲而无聊！尤迪特倒是走运，一大早就溜出了家门，现在她可以平安无事地干她的工作，也许甚至还有时间看看侦探小说。相反，我却被沃尔夫拉姆的档案材料搞得很是头疼，要给保险公司写上简短的附函，并随信寄上死亡证。更为糟糕的是，我被一个信封封口划破了嘴唇，我的心情跌入了最低谷。

那些文件夹虽然绝没有预期的系统性，但至少遵循了按字母排列的基本原则。银行结算清单都不容易破译，可经过仔细阅读我可以肯定的是，贝娜德特去世前在国民银行有自己的账户，里面的金额很大，时而也用这张账户将比较大的数额汇给她的侄女。这里也有定期的收入转入，每月以神秘的条目“吕策萨克森人”转入大约一千两百欧元，以及七百欧元的应急养老金，这是贝娜德特年事已高后换来的。另一方面，电费、保险费、电话费、煤气费等费用通过国民银行进行定期扣款。贝娜德特去世后，她的养老金被取消了，而账户划归沃尔夫拉姆名下，愚蠢的只是，这张账户他并没有授权给我。

因为谁也听不到我在说什么，我毫无分寸地咒骂个不停。墓碑和照料墓地的费用，虽然还有足够的储备金，因为我根据尤迪特的建议取消了那个储蓄银行的账户，可是搬家、园丁、装修，甚至有可能还要改建，这些必要的资金我从哪里弄来，更别谈即将面临的税费了。尤迪特已经设法打听到公证人、户籍登记处、银行以及保险公司负有法律的义务，要立即向税务局申报每一笔遗产。

面对所有这些错综复杂的关系，我终于彻底承受不下去了，只好不去管他三七二十一，先去寄几封信，然后再去购物。昨天棺材没有开封就被埋葬在地下，这是值得庆祝的日子和事实，我想给尤迪特和我自己做点好吃的东西。

我在艾德卡超市磨蹭了好久，终于挑选了配上碎番茄和新鲜生菜的牛里脊肉酥饼，然后将所有必需的配料全部装进我的购物车里。

尤迪特回来得比计划早，还不是独自一个人回家。柯德跟着她来到厨房，像一个做错了事的孩子那样目光一直朝地下看。可是看起来他又在暗中策划什么事：他穿着迷彩服。

“我们把小斧子埋掉了，”尤迪特解释道，“柯德感到万分抱歉，竟然一时冲动闯出那么大的祸来，这种事以后不会再发生了。——哎哟，闻起来味道棒极了，你有没有多做一些吃的呀？”

我应该怎么办，我没有勇气赶走这个悔悟的柯德。我只是支支吾吾道：“你现在当兵了吗？”

尤迪特放声大笑起来。“他？柯德答应为了我们去参加野战训练。他想要打听到水母住在哪里，住的是什么样的房子，她有着什么样的习惯，诸如此类……我可以在阳台上摆好餐具吗？”

“那我们有可能被阿特曼太太看到，天知道她又会怎么解释这一点呢。”

尤迪特点点头，从橱柜里取出三只盘子，打发柯德到地下室拿葡萄酒上来。

“红的还是白的？”他只是问道。

他还没有走出视线，我就骂骂咧咧道：“你怎么能这样！你答应过我再也不让这家伙进来！可现在你居然亲自把他带进了屋子！”

“别低估这件事，卡拉，出了我们这种情况男人很有用。那么对不起，你倒说说，除此之外谁应该监视水母呢？她可是认识我们俩的……”

“奥登瓦尔德不是热带丛林营地！穿着这种白痴化装服出现在穷乡僻壤，他就像一只五彩斑斓的小狗那样引人注目！他要不是那么傻的话，一定选择穿上牛仔裤和帆布胶底运动鞋。”

“他也有的，”尤迪特承认道，“不过必须来点搞笑的。”

我叹息着打开热烤炉。这两个人是怎样的一对傻瓜呀。这里毕竟事关生死问题。

“活着还是死去，这是一个问题。[1]”我喃喃自语道，把牛里脊肉切成几大份。

尤迪特和柯德彼此交换眼神。“卡拉是个受过高学历教育的人，”尤迪特嘲讽地说，“要是她引用英语的句子，要么出自莎士比亚，要么出自披头士乐队。”

“让它活着！”柯德说。

于是我回复道：“而要是尤迪特引用拉丁文的语句，那么肯定出自法国系列漫画书《高卢英雄传》。”然后对着柯德说道，“你要是盯梢水母，千万小心她的金毛犬。狗的名字叫贝拉布洛克。只要有人悄悄溜进灌木丛，狗马上听到声音，闻到气味！”

“好的，”柯德冷笑道，“我用半磅里昂香肠收买贝拉。”

“柯德是在农村长大的，”尤迪特发表评论，“犬语是他的第一外语。因此他也长着一双如此真诚的猎獾狗的眼睛，需要很多的狗粮！”

两个人禁不住哈哈大笑，根本无法安静下来。尤迪特叉起最后一块肉，剥去它的外皮后放进柯德的盘子里，往上面浇上汁液，风卷残云一样独自干掉了有点未烤透的那块酥饼面团。我喝光了不止一杯酒，终于可以重新睡上安稳觉了。

第二天醒来时头痛欲裂，脑海里还有着迷迷糊糊的记忆，昨晚和柯德喝酒庆贺拉近彼此的友谊。我睡意朦胧地眯起眼睛看看手表，已经十点了，上午的阳光直射到我的脸上。我又独

---

[1] 原文为英语：To be or not to be, that is the question. 是莎士比亚戏剧《哈姆雷特》中的名句。

自打盹了几分钟，才明白那个轰隆作响的噪音是从外面传进来的,庆幸不是来自我嗡嗡作响的脑壳里。我下了床,朝窗外望去。柯德在院子里，正拿着一只嘎嘎作响的长柄锯子忙碌，阿特曼太太站在他旁边。他虽然脚上穿着从前的士兵短统靴，但除此之外身上只穿着破破烂烂的短运动裤，头上戴着一只紫色棒球帽，那个女邻居则穿着一条难看的柠檬色毛巾连衣裙。

这个家伙肯定又在这里过夜了，这是我的第一个念头，而我的第二个念头却是这个活儿可能甚至还是我建议他干的。柯德刚好放下这台折磨人的机器，关上马达，擦掉额头上的汗水。

“你一定要见识一下，我的割草机要比贝娜德特那些老掉牙的机器更好使,”阿特曼太太说,“你是一个接受过正规培训的园丁吗？”

“不是。”柯德回答。

“你一小时要价多少？我这里也有一些要干的活儿……”

“或许偶尔我也可以给您临时帮点忙。”柯德简短地说，重新开动那只发出轰隆声的机器。

阿特曼太太此刻不得不大声叫喊了。“其实夏天根本不允许割掉这些矮树篱的，因为有些鸟儿会第二次在那上面孵蛋！不过很清楚这里也是不得已为之。”

“我会注意的。”柯德吼叫着回应道。

他今天不想做私人侦探了吗？我在想。我一边打着哈欠，一边打定主意先冲个澡，然后喝上一杯咖啡，当然不是在阳台上。

我刚刚准备好早餐，那个噪音突然停下了，柯德冷不防站在我面前。

“早安！”他说，然后又说，“好渴！”说完抓起一只芥末杯，往里面倒上自来水，一口气把一杯水灌下肚去。

“是尤迪特叫您收拾院子的吗？”我闷闷不乐地问，因为这毕竟始终还是我的地产，至少马上就是了。

“她没有和你商量过吗？矮树篱高得太多，有一部分因为无法承载自己的负荷而被折断了。此外，我也要给你割草，修剪树枝……”

他毫不厌烦地用“你”称呼我，我想道，那么最好我也这样称呼吧，不要扮演狂妄自大的人。

“你今天不想到瓦尔德－米歇尔巴赫那里去吗？”我有点拘束地问。这个“你”字只是很难从我嘴里蹦出来。

“你们不是还从来没有给过我地址么？此外，我要用上你的汽车，如果你愿意借给我的话。不过现在我还得到院子里继续干活，吃完晚饭我要去奥登瓦尔德。”

看来这位先生今天又想和我们共进晚餐。票据的活儿已经拖延了，还要先出去购物一次，这些至少给我重新提供了托词。可是有些东西还是给我带来了烦恼：“你和阿特曼太太讲过你和尤迪特是朋友吗？”

“没说过。老太以为我在打黑工，最想马上雇用我。可我不愿意。”

我注意到他的汗珠滴落到他那肌肉发达的胸腔上。这家伙真强壮，我想道，他可以完全顺手就把我脖子扭断，这对他来说恐怕不会有问题。在这样一种情况下，我确实建议要和潜在的凶手结盟，绝不能挑衅他或者侮辱他。

我听天由命地直接去超市了。给一个饥肠辘辘的男人做饭，这已经是很久以前的事了，因为沃尔夫拉姆可以不计在内，他就像小鸟只吃很少一点儿。柯德需要很多的狗粮，尤迪特说过这句话，她本人也是一个吃货。但是每天吃牛里脊肉，这也太过分了。我买了一公斤牛肉和猪肉各半的混合肉糜、一网兜适于煮块的土豆、一网兜适于捣泥的土豆、各种各样的蔬菜以及一只大的黑面包。

阿特曼太太突然出现在离收银台三米远的地方，推着她的购物车，就站在我的购物车后面，既感到惊讶又感到狂喜。“我又能和您一起回家吗？”她问，“虽然路并不远，不过如果得拿着一只很沉的袋子的话……”

她没有车子，我想，或许她也没有驾照。这可是有点麻烦了！从现在开始她肯定一直要我做她的专职司机了。

“您认识的是一个多么招人喜欢的年轻人呀，”她开始唠叨起来，“一眼就看出他是个莳弄植物的行家。您是通过报上的广告找到他的吗？”

“我的那位女同事认识他好久了。”我说。

“您给他一小时多少工钱？他还能腾出空闲来吗？他也在您的吕策萨克森街那里干活吗？”

“您最好问他自己吧！”我回避道，想着阿特曼太太提到位于我们城南的那条街是在暗示什么。难道是和定期汇款有关吗？

“究竟谁住在那里？”我问。

“我也不知道，房客倒是一直在更换。上一次应该是一名医生，不过我想他这段时间已经造好自己的房子了。”

哇，真是得来全不费工夫！我不必长达几小时地在陌生的公文夹里翻寻，完全出于偶然地获悉贝娜德特还有另外一处房子，有人好好地租住在里面。吕策萨克森街上大多是豪华别墅或者是修饰整洁的独门独院的单户住宅；因为离宫殿公园近，这一区域也成了上层社会的高尚居住区。我可能马上就要做出痛苦的选择，在这两栋房子中究竟想要卖掉哪一栋，住在哪一栋。不过我现在还得加紧研究贝娜德特的票据，以便查明我的第二套别墅更详细的情况。经过短暂的思考之后我决定还是什么都不跟尤迪特说。又不见得非要和她一起分享所有继承得来的房产不可。

晚上，我们坐在阳台上，柯德自豪地指着他堆在院子中央的木柴垛。以莳弄植物的行家的名义，我想道，它以前看起来要好上一千倍。茂密的女贞矮树篱笆犹如中世纪修道院的围墙，提供了躲避敌对的外部世界的场所，不让我的邻居看到我的地产，现在植物的防护墙急剧缩水，我发觉自己坐在了引人注目的位置上。

“那我们如何重新清除所有这些绿色垃圾？”我问，可是柯德心里有数。

他说如果真是值得的话，他可以开车把所有的垃圾送到肥料回收站去，不过这就需要用上我的汽车和拖车了。

“别担心，卡拉，”尤迪特说，“一周后就可以搞定了！然后慢慢地，树木陆续进场，最后是草坪。这些都完成之后，就可以种上新的东西。你想想看自己最喜欢什么花，我们是否也要种上番茄和药草……”

“可要是我们的计划落空了呢？”我问，“要是经过艰难的诉讼水母得到了一切，或者要是我必须出售房子的话，那我们就白累死累活了。”

“正相反，一旦出售出去，一栋保养良好的房子将给人留下好得多的印象。”

柯德点头赞许，然后站起来。他说可惜天要到十点才真正暗下来，而第一次出去打听消息不能在天还亮着的时候。他先要在瓦尔德－米歇尔巴赫那个监视对象附近停车，然后稍稍围绕这个房子或者说住宅转上一圈，最后悄悄闯入灌木林里，透过窗户窥探里面。等到把一切都侦探清楚，熟悉了地形之后，他也可以在大白天暗地里跟踪水母了。

我偷偷溜进自己房间里去了。

17
夏洛克·福尔摩斯

在上一次那么枝繁叶茂的矮树篱被砍光之后，我对院子有点儿意兴阑珊了。我失望地决定今天只做些简单的家务活。沃尔夫拉姆去世后，我再也不敢踏进他临终的卧室一步。那天上午，我终于想进去给房间通通风，收拾一下屋子，再把他的床褥换下。或许把这个房间重新改造成餐厅是明智的。我小心翼翼地打开房门，顿时把我吓坏了，因为窗门大开着。我不知所措地盯着地上看，没料到那里竟然乱作一团。柯德的隐身服、袜子和靴子横七竖八地随处可见，我差点儿被一只放着脏内衣的运动包绊倒。柯德原来就在他的牺牲者的床上过夜，到了早上才悄悄离开。我预感不妙地朝马路上望去，我的车子也不见了。事后我还感到不寒而栗，昨天夜里我没有锁上房门，柯德完全可以把我弄死在睡梦里。我得和尤迪特好好谈谈。

一旦你想到鬼，鬼马上就找上门来了。尤迪特打电话说，我不必对我的汽车没停在大门口感到惊奇，今天早上她不得不借用，否则没法准时赶到单位了。

“那个水母一定熟悉你的汽车和车牌号，这一点我昨天夜里刚好及时想到，毕竟这就是她姑父以前的车子。所以我们俩交换了一下，柯德开着我的破车到瓦尔德－米歇尔巴赫去，我则是用了你的车。明白了吗？”

我稍稍克制自己。其实我觉得他们越过我做出决定是有问题的，可昨天我早早地拿着几本书溜进我的卧室去了。

“那我自然不用出去购买吃的东西了，你们瞧瞧自己怎么吃饱饭吧。”我生气地说。

“你不是可以例外地走路过去吗？不过好吧，我带上所有的一切，今天回来做饭，”尤迪特答应道，“你承包三个人的全部家务，本来也不合理呀。那一会儿见！”

午休时，我躺在躺椅上，一边望着那支离破碎的矮树篱笆，一边还思量尤迪特的话。我一生最漫长的时间里只负责照顾我自己。我要是一不留意，这两个皇帝的孩子可就要指望我为他们做管家了。这样是不行的！一栋漂亮的旧别墅和一座院子必须有人照料，这我明白，可是，难道我就该做个奴隶换来美丽的居室吗？柯德在我的房子里完全不受欢迎。用得着你你就过来，用不着你你就滚蛋！而且马上。

不一会儿，我就感到在太阳下太热了，我回到屋子里，又忙着那些令人讨厌的票据。沃尔夫拉姆和贝娜德特连任何一张碎纸屑都保留着。年代久远的和早已支付过的账单，包括家里不再有的电器产品的保单和使用说明书。当我渐渐在整个洗衣筐里装满纸屑时，我觉得自己就像是一台档案销毁机。

有几天时间，尤迪特下午六点才下班，今天也是。我很好奇她做什么饭菜，可我马上失望了，因为她买了两只完全熟了的烤笋鸡，然后将冷冻的炸薯条铺在一块金属薄板上。唯有黄瓜沙拉是她亲手做的，可惜橄榄油放了太多太多。柯德一来，我们立马坐到桌旁就餐。

“说来听听，水母有什么消息？”尤迪特说，将盘子堆得满满的。我们一边吃着爱吃的菜，一边急切地期待听到最新的情况报告。

“你们那位女士今天上午在达姆施塔特一个律师那里待了大约一个小时，”柯德一边大口咀嚼一边说，“她有时可以把我甩在后面，但一到红绿灯我总是又追上她了。”

尤迪特突然跳起来。“他妈的！”她嚷道，“她肯定注意到自己被一个傻瓜跟踪了！不过先还是按照顺序慢慢讲来，我和卡拉想知道每一个细节。”

他似乎对她的冷言冷语并没有悲伤下去，不动声色地将一只啃掉的鸡大腿推到盘子边上。“别害怕，我从没有碰过保险杆。此外，她很少往后视镜看，根本注意不到像我这样的人。——顺便说一句，那条狗很容易亲近。它在外面四处闲逛，马上和我成了朋友。其实我们也可以养上一条狗，这么大的院子真是很理想。话说我昨天晚上第一次看了下她住的地方：有点在城外，在一个改建的农庄里。游泳池和睡莲池都是最棒的。现在重头戏来了：在原来的谷仓里停放着四辆小汽车和两辆摩托车！”

“都有哪些破车？”我问。

“不可能！”柯德抗议道，“几乎全新的汽车，带车牌号，也有一辆真正价值连城的汽车，还有一辆货车。那两辆雅马哈 GP 赛车也好得不能再好了。这是一个撒大把钱的业余爱好，大概可以这么说。”

“她一个人生活吗？”尤迪特问。

“水母还没离开，一名男子从家里出来，驾驶保时捷飞驰而去。我觉得他有点像演员，皮肤晒成棕褐色，衬衫敞开着，牙齿雪白，金黄色头发，相当年轻……”

“别嫉妒！”尤迪特说。

“我确实没法好好盯梢这两个人，”柯德说，“可那家伙看起来不像是干苦力的人。”

“为什么一代！”尤迪特简短地说。看到我疑惑的目光，她解释道，“人们也称他们是长毛绒步兵队。肯定是有钱的娇儿子，打打高尔夫球，只是偶尔干干活，如果能给他带来乐趣的话。可或许这是一种偏见，我应该先仔细看看这个英俊的小伙子。”

“我可以在暗处遇见他。”柯德急忙提议道。

“你敢！”尤迪特说。

“拜访律师的事更让我操心了，”我打断他们的争辩，“她肯定会向人咨询如何可以认定沃尔夫拉姆的遗嘱无效。”与此同时，我有一种预感，向柯德透露我们的计划是一件冒险的事。

“那肯定是一个老谋深算的小律师了。”尤迪特说，蹙起了眉头。

“明天我可以尝试进屋子去，”柯德解释道，“带上一把蓄电池钻头，一眨眼工夫就可以打开阳台门的边框。那里没有直接的邻居，那条狗现在已经认识我，绝对和气……”

“你绝不能干下坏事，”尤迪特气恼地说，“天哪，不能让人想起有人进过屋子。带上蓄电池钻头可不行！”

“翻窗入室是理想的选择，”柯德说，“可是我究竟该寻找什么呢？”

我和尤迪特有点迷惘地互相瞅瞅。很清楚，我们希望获得证据，那个水母绝不是一个乐善好施的人，而是敲诈她的亲戚以牟取私利。可是，这样一个幼稚可笑的夏洛克·福尔摩斯，如何能在陌生的票据中找到可作为罪证的凭据呢？我都已经难以对付沃尔夫拉姆的档案了，需要几小时几小时地审阅这方面的材料。

尤迪特回答得有点模糊：“你必须形成一种鉴别能力，什么是正常的，什么是可疑的。谷仓里的豪华车表明一种奢侈的生活方式，游泳池和那个金发花花公子也是。对于水母是否真的致力于社会项目这件事，至今尚无一丁点儿的依据。”

“我今天晚上再开车过去一趟，”柯德说，“有机会的话再弄来几只博斯科普苹果。就在那边附近我发现有一个果园。”

“你疯了吗？它们现在还根本没熟！”尤迪特说，“究竟能不能透过窗户看到里面？或者甚至偷听到这对情侣的说话声？”

“看来二楼有一台电脑。昨天那里有很微弱的光线，电脑前有一个女人的影子。”

“观察很仔细，”尤迪特夸奖道，“一定要打开这台计算机查看一下。水母无疑把所有的东西都保存在里面了。”

“我不是特别善于应付这些东西，”柯德说，“这方面得让卡拉帮帮我。”

“我可不行。”我惊恐地表示反对。一想到和柯德一起像爬进高楼窗户的窃贼那样爬进屋去操作电脑，我的心跳就会加速。

“一切都得自己去做，”尤迪特叹息道，“和你们俩不同，我要上班。”

“不用很长时间了，”柯德说，“只要有了钱，你就可以整天骑骑马、驾驶帆船、打打网球。”

是啊是啊，就像在童话里一样，我想道。有一个女儿甚至要剁掉自己的大脚趾，好让她的脚穿得上金拖鞋。而只是因为灰姑娘的继母说了一句话：一旦成了王后，你就永远不用走路了。和我同居一屋的人可能还在密谋这所有的一切吗？他们到最后也会采用暴力手段夺走我的遗产吗？渐渐地，我开始害怕起来。

仿佛能读懂我的心思似的，尤迪特故意露出一副愉快的神色，然后搂住我。

“你别犟头犟脑了，卡拉。这是一个真正温暖的夏夜，而我们却懒洋洋地坐在这里讨论问题！人只能活一次，应该及时行乐！趁柯德到奥登瓦尔德去，我们俩不是可以舒舒服服地到集市广场上去溜达一下，给我们来上一杯冰激凌或者一杯普罗塞克白葡萄酒吗？”

这是一个好主意。我们小城那个具有历史意义的集市广场和它的自然地形结合得天衣无缝，从劳伦齐乌斯教堂一直往下到狮子药房，这一段坡度有点大。每逢晴好的日子，咖啡馆和饭馆里几乎爆满，到了周末，往往找不到空位。邻近地区的观光客和来访者喜欢到这里来，就连本地人也喜欢坐在日本槐树和巨大的遮阳伞下，带着欣赏的目光望着那些木框架房屋和其他客人。这里的每个人都有一种轻松愉快的度假感觉，差不多就像在意大利的托斯卡纳地区一样。

尤迪特的建议真完美。从我们的新居出发，只消几分钟时间，就可以步行到老城。可惜在零卖葡萄酒的小酒店里已经没有了座位，不过总算在意大利的冰激凌店里找到了地方。我之前那些不祥的预兆很快被遗忘了，我慢慢觉得自己越来越放松，越来越快乐，决定从现在开始要经常到这里来，不管有没有人陪我。

转眼之间，我又孤零零一个人了，因为尤迪特突然跳起来，使劲挥手指着远方，说看到了以前的一个同班同学。于是她不辞而别，跟他打招呼去了。

我吃光了我的黑森林冰激凌，最后也吃光了尤迪特那份已经融化了的芒果冰激凌，打量着许多年轻人，他们被挤在一个最逼仄的空间里吃喝欢笑，不停地大声闲聊。婴儿车和轮椅挡住了椅子之间狭窄的过道，甚至那些小男孩们也像在南部地区一样在一起玩耍，犹如活泼好动的蝙蝠那样来回穿梭。坐在邻桌的两位白发苍苍的老人，一边喝着混合饮料，一边骂着如今的年轻人。我多次听到老头谩骂道："以前可不是这样！"而他的太太每次都回应道："大多吧？"

就在这时，一对情侣曲里拐弯地从一排排椅子中间穿过寻找座位，两个人腋下都夹着一只摩托车头盔。水母还没发现我时，我就认出她来了。我赶紧低下头，直至他们俩从我身边走过。然后我对着他们窥望。那名男子头发金黄，瘦高个儿，可遗憾的是，我无法从后面鉴定他所谓的风流倜傥。由于怎么也找不到位置，他们只能凑合坐在喷泉的台阶上，暂时还一直背对着我。

尤迪特究竟何时回来呢？我如坐针毡。可要是水母重新在大庭广众之中训斥我呢？终于，我的手机发出振动，尤迪特问我是否要到他们那桌去。

"我已经在回家的路上了！"我呵斥道，不仅是因为没有受到礼待，而且也是因为感觉自己完全被她骗了，"顺便说一句，水母出现了。如果想要看到她的美少年，你该稍稍不理会你的追求者一会儿工夫，到喷泉边看一下，他们在那里等空座位……"

"太棒了！"尤迪特说，"那我现在就给柯德打电话。他应该知道平安无事了。"

18

凶手总是园丁

回家的路短暂而孤独，现在终于躺在了床上，虽然有点小激动，不过还是觉得很累。直至大约夜里两点我才睡着，因为我在问自己，这整段时间尤迪特大概在干些什么。至少柯德早就回来，这一次几乎让我感到放心了。这样他至少不会再去胡闹了。大约五点，一只可怕的夜鬼把我唤醒，那是一个噩梦，类似的噩梦曾经在沃尔夫拉姆死后不久折磨过我。我的梦大多杂乱无章，可自从在这栋楼里睡觉之后，我的恐惧变得很容易解释了。我梦见领头狼死了，我承担起领头母狼的角色，猎取了大量的野物。可是我还没吃饱，就被狼群中的年轻成员们追杀至半死。我不停地奔跑——可正如所有的噩梦一样，在发展到最坏的地步之前，人醒了，到了第二天还缓不过精气神来。

那天周四也是如此，因为熬夜和恼火我喝了一杯浓咖啡，透过厨房窗户望见院子里有名男子。难道梦魇永远不会停下来了吗？这家伙老是想吓死我吗？矮树篱笆上面已经没有什么好割的了，他现在肯定打算屠戮那些树了。我看着他从工具棚里搬来一把大的折叠梯子，搁在樱桃树上，调整到最高的位置上然后安放妥当。我们这条贝尔格大街早已被罗马人命名为 Via Montana[1]，这里阳光灿烂，树木繁茂，百花盛开，水果要比德国其他地方早熟。乌鸫和椋鸟早就吃光了上面的果实，只有一些发霉了的干果还依然挂在那些嫩枝上。

他悠然自得地砍去了枯萎的树枝，拆除了一只被风雨侵蚀的小鸟巢，一直到柴堆高度翻了倍也没有休息。一棵病怏怏的松树成了下一个牺牲品。我以怀疑的眼光观察到，柯德如何全力以赴从下往上地一段段锯掉那些粗树枝，最后以相反的顺序再从上往下地锯掉那几乎裸露的树干。直至从头到脚，包括绝大部分的阳台，被锯屑覆盖，他也没有歇上一会儿。十点整，当住在附近的最后一个居民想必也已醒来时，他结束了自己的谋杀工作。那棵大树支离破碎地躺倒在地上。

柯德干得心满意足，迈着沉甸甸的脚步冲进厨房，简短地说道："可以看得到地中海了！"

奇迹真的出现了。那间缝补室变得明亮而亲切，阳光照射进来，一眼望去，可以看到远方丘陵起伏的地区直至魏因海姆的标志——那两座城堡。我突然产生了强烈的兴趣，要清理这个美丽宽敞的房间，把它改造成我的私人图书室。除了我可以

1 意为"高山街"，贝尔格大街的意大利语译法。贝尔格是"山"的意思。

用作书橱的玻璃柜，我想将贝娜德特所有没用的家什挪到仓库去。

嘎吱作响的靴子声将我从沉思中拉回现实。柯德跟在我后面。“怎么样？”他只是说。

“佩服之至！”我急忙夸奖他，“为这一结果我甚至真想把锯屑重新擦掉。哦对了，那个水母怎么样了？”

“尤迪特虽然暗示过我水母和她的男友在集市广场上溜达，可我还是没有闯到那里去，因为你们是禁止我这么做的。可至少我给了他们一个小小的惩罚。”

“惩罚？什么样的惩罚？”我问，上臂起了轻微的鸡皮疙瘩。

“或许本来就没有弄成呢，”他说，“我们再等等吧！”

“我们等什么？”我变得警觉起来。

“要说我讨厌什么，那么就是那些向人炫耀的豪车。”柯德说。说完这些神秘的话，他又走了出去，专心致志地对一棵枯萎的云杉动起手来。

如果他碰坏了他们的保时捷，那么现在我还是完全什么都不想知道为好。为了让这个残暴的人平静下来，我最好还是到超市去。你应该对一个干重体力活的人送上什么呢？最好不过的还是大肉。

吃晚餐时大家说话很少，柯德又是饥饿又是疲惫，尤迪特也累了。看得出，她睡得太少，喝得太多。我们都早早就寝了。直至第二天我才获知震惊的消息。

事实上我从来不看整份报纸。当然头版和最后一版，最重要的国内外要闻，天气和副刊是会看的。广告、体育和经济版面我就略过不看了。地方版同样也是，因为我不必知道谁在哪儿举行了金婚庆典，哪个合唱队获得了一个奖，或者北巴登的养鸽人在哪儿召开了大会。唯有瓦尔德－米歇尔巴赫，它的名字活生生地跃入我的眼帘，近来对我产生了魔术般的吸引力。我一开始匆匆浏览前面几行文字，只是半心半意地，然后一个不祥的预感开始侵袭我。

瓦尔德－米歇尔巴赫

周三至周四夜间，根据警方提供的消息，克莱达赫高地附近发生一起重大事故。在一个拐弯进一家农庄的道口，两名摩托车手在陡峭的急速右转弯时因为一摊油而失去控制，并在摔倒时发生激烈冲撞。呈现在警官面前的画面很可怕。两名当事人身受重伤，摩托车被彻底损毁。一架救护直升机将伤者送往路德维希港，那摊油已被消防队员清除干净。

曾经有个陌生的施虐狂，在巴伐利亚州和巴登－符腾堡州将肮脏的废油倒满绿色葡萄酒瓶，然后扔到骑车者喜欢行驶的弯曲路段的车道上，现在的问题是，是否也是此人在这里肇的事。遇到这样的事故时现场居然没有发现玻璃碎片，这一点和常理不符。瓦尔德－米歇尔巴赫当地警署请求民众提供相关协助；也许有目击者注意到一辆汽车夜间在克莱达赫高地周边停下，司机下了车或者做出过行为怪异的举动。

但愿柯德的“惩罚”和这起可怕的事故无关！今天一大清

早，他又在院子里忙碌开了，修剪矮树丛，拔除杂草。我走到阳台上，示意他过来：“咖啡吗？”

“好，清咖！”

我把一杯咖啡放到桌上，把那份报纸也放到他旁边，嘴里不做任何评论。

他探询地注视我，看完报纸马上摇摇头。“这个不可能是水母，她不是开着那辆黄色保时捷外出了吗？”

“她恰恰没有。我亲眼看到他们俩了，她和她的情人连同他们的摩托车头盔！”

柯德变得小声小气了。“这我没法知道，尤迪特对这件事也没有跟我说过一句话。我其实只是希望那辆保时捷破点儿相，因为那辆黄车并不在谷仓里……”

“……摩托车肯定也不在！尽管如此，现在还不能肯定受重伤躺在医院里的人就是他们，报纸上没有提及他们的名字。但如果是你倒的油，又被警方逮住的话，那你无论如何将因为谋杀企图而被起诉。”

他吓得脸色煞白。“那可只是车库里的摩托车油。我只是想给水母一点颜色看看！让她一段时间失去战斗力，我们就可以太太平平地办理手续。”他好几次克制住自己，真诚的眼睛却是睁得很大，然后大胆地说，“另外我唯独为了你们才这么做的！”

“那么说，可怜的沃尔夫拉姆不得不相信这完全出于帮忙，而现在也轮到水母这么相信了！你脑子还完全正常吧？”

“你们俩都不敢对老头下手，这就需要一个像我这样的傻瓜，为你们火中取栗。尤迪特整段时间一直惶恐不安，所以我们才被水母排挤掉了。如果不是所有的一切只是虚惊一场，那么现在但愿可以太平无事了。”

我深深地叹了口气。那种不确定性叫人受不了。

“你现在别干园艺活了，”我吩咐道，“你这就过去，弄清楚是否有人在家，是否摩托车完好无损地停放在谷仓里。我还有一只看戏用的旧望远镜，你可以拿去。”

“现在尤迪特又要对我纠缠不休了。”柯德几近沮丧地说。

“如果躺在医院里的人是陌生人，那我觉得她就不必了解了。”我说。

他爬进我的车里。“孩子，马上回来吧。”我咕哝道，却惊恐地想起，自己居然哼起了贝娜德特最喜欢听的歌。

没有车子我不想外出购物。对沃尔夫拉姆和贝娜德特的各类票据，我缺乏必要的专注力，我的心里只有院子，模模糊糊地希望和阿特曼太太有一次纯属巧遇的对话。也许人们私下里早就有些议论了呢。可我例外地没有交上好运，她虽然给我大声打招呼，还赞扬柯德干活干得好，可还是避开那稀疏的矮树篱笆。看来她还一无所知。她正想要回家去时，我假惺惺地问，是否应该将蒲公英视为杂草。她没有停下脚步，只是从大老远的地方怒吼道：“当然！”然后就消失不见了。

午休时虽然躺在沙发上，但我一直不停地看表。不知什么时候，我听到从大门口传来不安的犬吠声。柯德打开大门，那条金毛犬从他身后冲进来，目标明确地奔进厨房。

“贝拉布洛克需要喝水。”柯德只是说。

我瞬间愣住了说不出话来，然后对他高声怒骂道：“你说呀——出什么事了？”

他低声垂着头报告说，无论是那两辆摩托车，还是那辆保时捷，都没有停放在谷仓里，他既没看到也没听到周围居民的动静。

“你哪儿弄来的这条乱叫的狗？这恰恰不是我要的，家里养条狗！你马上给我送回去！”

柯德用他那出名的猎獾狗的目光看着我，贝拉布洛克在仿效他。可我不让自己的心软下来。

“我怎么跟阿特曼太太说呀，要是她又认出这只野狗的话？”

柯德无可奈何地耸耸肩。可他马上恍然大悟道：“我们就说这狗跑到我们家来了。”

这话想必阿特曼太太永远不会相信。可眼下我完全有着其他心事。我只能慢慢从柯德身上掏出具体的秘密来。

每一次，他作为我们的间谍在瓦尔德－米歇尔巴赫忙碌时，就把车子停放在当地边缘的徒步旅行者停车场里，然后通过隐蔽的小路接近上面提到过的那个庄园。透过那扇小窗，他可以悄无声息地向谷仓里面探看。房子显得空荡荡又孤零零的，也不见狗的踪影。最后，他从遥远的地方听到熟悉的狂吠。他循声跑过去，在邻居屋前重新发现了犬吠声，说来奇怪的是，那辆保时捷竟然就停放在入口处。

虽然并没有找到那条狗，可此刻他听到它就在不远处低声哀鸣着。就在柯德在黄色汽车旁边寻找无果时，一辆拖拉机开到门前。那个农民从车上下来，未被问及就自豪地介绍道，那辆靓车他昨天获准借用过一次。两个人就此聊开了，柯德获悉警察也来过了。他带来了一个伤心的消息，邻居受伤后被送往医院，目前生命垂危。农民随后想到了那条狗，这才把它带在身边。不过他想马上把它送到动物避难所去，因为他妻子只喜欢猫。

“可怜的贝拉，平时倒是自由自在地到处乱跑，现在却被拴在一根链条上活受罪。它兴高采烈地欢迎我！因此我于心不忍对它撒手不管。我就说愿意负责把狗送到避难所去。我一解开狗的链条，它立即自愿地跳进我的车里……”

“这始终还是我的车。”我无情地打断他。

“我不是这个意思，”柯德说，“我也带来了几罐狗粮。——我马上去冲个澡！”

一旦自己超出了承受能力，我最喜欢的就是狂吼一声，可与此同时，我的心里产生了一丝微弱的希望：至少现在谁也不会那么迅速地觊觎我的遗产了。

19
陌生孩子

我在院子里尽情地享受着几天风和日暖的夏日时光。柯德直至把半死的紫杉和几乎所有阴森森的针叶树砍伐掉以及把草坪割掉之后才休息。他只是把一棵高耸而又相当健康的冷杉树留下了，不让松鼠无家可归。最后，他借了辆拖车将全部的绿色垃圾送往肥料回收站。我也尽了点力，亲自动手擦净庭院后面的那只长凳，用腐蚀剂去掉上面的油漆，再重新上漆，然后直接在毗邻的地方布置上花坛。在看望沃尔夫拉姆墓地时，我在墓园里还发现几只剩下的番茄，于是将它们作为盆栽植物置于阳台上。那些果实显示出红彤彤的光泽，我高兴的是，在吃了多年的荷兰温室产品之后，又能重新吃到日照充足的番茄了。天气也很宜人，尤迪特的脸上生出了雀斑，我的皮肤变成了别致的浅褐色，柯德则是受天气日晒雨淋的影响很深，看起来就像是一名海员。为了相安无事的缘故，我甚至还喜欢上了那条狗。我们给贝拉布洛克改名以防万一，从此以后它要隐姓埋名地生活在我们家了。我们现在管它叫黛比，这只聪明的狗狗甚至还听进去了。

我们相处得相当好，大多在外面吃饭，对我们共同努力的结果感到高兴。被驱逐出天堂之事虽然一如既往地面临威胁，可是对悬在我们头上的达摩克利斯之剑我们却干脆置之不理。

当然我老是想起我的对手水母，只是太想知道她究竟怎样了。在这段时间里无所不知的阿特曼太太也从某个渠道获悉，报上提到的出重伤事故的不是别人正是水母本人，她向我讲起了这一最新消息。我装作好像一无所知的样子，并佯装震惊。最后我们这位好奇的邻居再也忍受不下去了。她给事故受理医院打去电话，而由于她知道得很清楚，只有最亲近的家属才能打听到信息，这个被错认为那么诚实正直的阿特曼太太竟然狡猾地冒充自己是警察，说是想要了解伤者有无受审讯能力。她才知道，萨波莉娜·勒斯林被送到医院没过几天就去世了，目前在进行病理研究，比较而言，她的男友总算幸运地逃过一劫。这种事得让阿特曼太太去做，让她马上出现在我们身边，用发光的眼睛和灵敏的嗅觉告诉我这一可怕的消息。

“哦，这可真是太悲伤了！”她说，用一只手给自己擦鼻涕，用另一只手轻轻抚摸那条狗，“好奇怪，同一个种类的动物就像一个个鸡蛋那样长得很相似！这些金毛犬看来很时兴，萨波莉娜的那只狗会待在哪儿呢？你们这只是从动物收养所来的吗？这只可爱的小狗在你们家感觉好开心，大家马上可以感觉到这一点。——我的天，可怜的萨波莉娜，我都要哭累了！”

我的内心感觉也很矛盾，我受到良心的折磨。我私下里确实曾经希望水母再也不能干涉我的遗产要求。可是我从小就被灌输过这种理念：谁也不能对一个人的死亡感到高兴。这就跟沃尔夫拉姆的情况一样，遇到这种情况也不能说这是一种“解脱”。柯德把我们所有的一切作弄得够呛。

那天晚上，我没有把肉端到桌上，作为惩罚只是准备了一个淡而无味的未加盐的素菜，我也觉得完全不好吃。尤迪特和柯德毫无兴趣地吃了一口，通过眼神交流彼此心领神会地站起来，假装得出去遛狗了。他们当然不会邀请我一起出去。我很清楚，他们想到麦当劳去解馋了。

没过几天，又发生了一桩惊天大事。就在早上，七点半不到，我听到外面响亮的声音。我穿着睡衣跑到窗口，惊讶地看到院子里有两个小孩，他们就坐在长凳旁边的地上玩耍。没有任何孩子居住在左邻右舍，可我模模糊糊地回想起暑假开始了。在巴登－符腾堡州这里，我们今年又是特别晚才轮到放假。这两个孩子恐怕是在他们爷爷奶奶家或是外公外婆家里过上几天假，然后就溜到外面玩去了吧。我拒绝地摇摇头，期待随时有一个激动的爷爷或者外公跑到拐角的地方，重新把他们叫回家。

可半小时后，我刚冲完淋浴，穿上衣服，想到阳台上去喝咖啡时，那两个孩子还一直待在那里没走。这一次他们似乎和那条狗一起在污泥地里翻寻。我的天，恰恰这个地方正是小比安卡的墓地呀！我心急火燎地奔过去制止他们。

男孩和女孩无疑是一对双胞胎。他们俩都穿着绿色工装裤和带有红色小圈的T恤衫，试图用塑料铲子刮破那块硬地。看来他们打算要把那块石碑挖出土来。而那条狗也那么兴奋地和他们一起比赛刨地，我那株盛开着的才买到手没多久的紫松果菊从小男孩的脑袋旁边飞过。

“你们究竟在这里胡闹什么！”我呵斥他们，“马上回家去，家人肯定在惦记你们了！”

两个孩子抬起头来望着我。“爸爸同意的。”女孩说，然后用铲子指着院子最后面的角落，我发现柯德在那里。他正在种植一棵蔷薇灌木。

“他不是你们的爸爸！”我说，顿时愣住了。

我毫不迟疑地冲到我们勤勉的园丁那里，当面质问他真伪。

他有点支支吾吾起来。他说娜塔莉是那两个孩子的母亲，每天早上八点上班做收银员。那一对双胞胎已经上学一年了，现在放假，总不能一天到晚不管他们。天气这么好，他们在院子里玩耍，应该不会打扰到任何人。

“你难道是他们的父亲吗？”我完全惊恐地问。

柯德点点头，几乎有点自豪。“多年前和娜塔莉同居过，只是很短暂的一段经历。但父亲是一辈子的事……两个孩子很乖，不会烦到你的。我待会儿带他们到露天游泳池去。现在正是他们学游泳的时候。”

“你的乖宝贝恰恰弄坏了我那些刚种植的鲜花，还把一个婴儿墓挖了出来。”我冒火地说，然后就踩翻了一只放着肥料的纸板盒。白色颗粒向四面八方溅去。可柯德仍然保持镇静，将蔷薇灌木周围的泥土踩结实，然后拿来一只浇水壶。

我怒气冲冲地回到厨房。渐渐地，我感到厌烦了。是到了终于该看看我的第二栋房子的时候了。

我刚要上车，柯德使劲招手奔过来，气喘吁吁地问我是否顺路经过游泳池。尽管驾车路线完全不同，我却一边叹息一边等着所有的人都上车，开车将他们连同所有的游泳用品全部带到他们期望的目的地。

终于，我向吕策萨克森街驶去，在那儿停下车，开始寻找我的第二处房产。好得不能再好了，这是我的第一印象，这幢别墅要比海狸街的那个房子更现代，这里的院子看起来保养得非常好，房屋正面刚刚粉刷一新。一个明显有理由收获高租金的建筑。是否我应该按下门铃？我放弃了这个念头，到我最终拿到遗产证书还需要一点儿时间。回去的路上，我在宫殿公园下车，沿着这家按照英国庭院风格设计的公园转了一圈。我沉思地打量起高大的杜鹃花丛林，想着它们是否经得起狗的折腾。然后我还顺便很快去了趟超市，很幸运没遇见阿特曼太太。她肯定在矮树篱后面暗中守候过，早就在我的院子里发现了那两个刚上学的孩子。

返回时，我和那条狗单独在一起，它不能和他们一起去游泳池。它喜出望外地欢迎我。我给它狗粮，给自己抹了一片黄油面包。柯德又一次跟我耍了花招：我先要容忍他的狗，现在又要容忍他的双胞胎。是不是两个孩子每天都要过来，直至他们的母亲下午下班？我安慰自己道，娜塔莉肯定会尽快休假，好带着孩子外出旅行。

我对生活在野外的鸟儿和松鼠确实并没有任何反感，可这辈子从没有想过要给自己养一只什么家畜。我觉得讨厌的陌生孩子并不鲜见。我很难和他们打交道，觉得他们也根本不可爱。我设想中的退休生活是另外一种模样！悠闲自在地散步，随心所欲地看书。可迄今为止我难以做到这一点。过一种安逸的即便不是完全孤独的生活，我的这种愿望恐怕不能很快实现。

晚上，我们拿着一杯葡萄酒坐到阳台上，尤迪特好像也很气愤。我跟她讲起陌生孩子在院子里玩耍的事，说到柯德大概还在游泳池里。

“瓦尔德游泳池八点关门，”尤迪特说，“可能他不敢回家，于是乘坐公交车，带着他的孩子上娜塔莉那里去了。这绝对是一个蠢婆娘，你真应该见识见识她！瘦得像根棍子，永远一副可怜兮兮的样子，总是要求过高！众所周知，生孩子的事需要两个人，但她大概对小家伙的出现完全没沾边儿。尽管如此，她一定是做得过分了，一个孩子已经足够，可是不——马上来了个双份的。”

尤迪特那么激动不已，我忍不住有点发笑起来。柯德作为她的情人看来还不是真的一无用处。

“我们难道不该把他赶出去吗？”我恶狠狠地问道，“他可以和狗一起搬到他的孩子那里去，他们就又有了一个完整的家，我们也有了安宁。”

“搬到娜塔莉的棚屋去吗？”尤迪特问，“他肯定不想去的。

因为他老是拖欠租金，他自己的房间已经被解除租约了。你把他赶走，恐怕他也难以做出反应。他始终只是干他自己想干的事，即便他为此栽了跟头。此外，他可以敲诈我们，他知道得一清二楚，遗嘱的真相究竟是什么。”

“是啊，可是他自己不是也不清不白吗！谋杀要比伪造严重得多。”

我们俩真真发愣了一会儿工夫，然后冥思苦想。之后我把这个令人不爽的话题换掉了。

“她究竟住在哪里，这个娜塔莉？”我问。

“黑森州的一个穷乡僻壤，一间黑漆漆的陋室，两个小房间。她挣钱不多，而柯德几乎从不为他的孩子出钱，因为他从来就难以找到正常工作。我是相当感到惊奇，他在这儿的院子里给人留下美好的一面，像头牛一样拼命干活。”

贝拉布洛克，原先一直一声不响地睡在桌子底下，却忽然一跃而起，满怀同情地将它的头搁在我的膝盖上。

“这只贝拉是一只令人感动的动物，”我说，“也许只要我体面地对待这条狗，我就可以有所弥补。”

“你难道以为萨波莉娜小姐可以从天上看到下面的人间，对你报以掌声吗？”尤迪特问，“我原本以为你不相信人死后还有生命。可是你设想一下，那只狼和他的老婆以及水母一起生活在极乐世界，然后他们突然开始七嘴八舌……”

想到这一点，我们俩哈哈大笑，可是此刻，当柔和的夜风从一个邻居家的院子里吹来中国小闹钟的丁零当啷声，我还是感到有点不可名状的恐惧。

尤迪特终于打破沉默。

“有些事发生得那么快，一个人说不在就不在了。我常常想到死亡，因为也有人在青春年华时因为一次事故或者一场重病而去世。我的表弟掉进冰窟里淹死时才八岁。在你这个年纪自然还要更现实，我是说，你的亲朋好友中早就不是所有的人都还活在世上……”

“我的同班同学才走了两个，”我冷静地说，“不过很清楚的是，告别越来越临近，人们满怀忧伤地想着过去，惶恐不安地想着未来。我深知任何时候都可能撒手人寰。”

“你瞧，卡拉，我真的不想太逼你，可恰恰因为如此，现在是你想着要给自己立下遗嘱的时候了。我们真心希望你还能长寿，可要是你真的有个三长两短的话，那么你的哥哥将继承你的所有遗产，而我根本什么都没有。”

我未予回答，陷入了忧郁的沉思之中。尤迪特的理由虽然可以理解，可我不愿意在自己的死刑判决书上签字。要是获知有这样一份遗嘱，柯德会如何处理？纵火，往地下室楼梯上浇上油，或者把我掐死吗？他有足够的奇思妙想，可以想出一种十拿九稳的方式吗？除此之外，我不清楚是否能够百分之一百相信尤迪特。要是她一如既往地和柯德穿同一条裤子，那该怎么办？

20
遗产证书

有时候得承认是自己搞错了。这两个孩子，虽然现在天天在我的夏季花园里嬉闹玩耍，可其实根本不像我猜想的那样扰乱他人。不错，我从阳台上留意到他们时，突然发觉自己陷入了心不在焉、几近苦思冥想的状态之中。这就像在观察一只雏鸟央求着蹦蹦跳跳地回到自己的父母身边，或者观察一只松鼠在枝丫间穿梭一样，看孩子玩耍纯粹是一件幸福的事儿。他们的热情和他们自然而然流露出的纯洁无瑕，向一个老于世故的成年人虚构出一小片天堂。

这对双胞胎造了泥土和石头筑成的蚂蚁屋，建了一座原始花园，寻找装饰用的冷杉球果、雏菊和蜗牛壳，为自己创造了一个世界。他们似乎并不惦记那些工业化的玩具，只要找到树皮、树枝、生锈的铁丝、一根绳子、旧花盆或者一只喷壶就心满意足了。那条狗大多在他们身边晃悠，密切关注他们的动静；

只要他们挖着玩或者玩水，它就欣喜若狂地参与其中。

看样子柯德再三提醒过他的孩子别打扰到我，事实上他们也没做过打扰我的事。一旦弄出稍大一点的动静，他们有时会从安全的距离向我们投来疑惑的目光，彼此只是轻声轻语地说上一会儿。到了某个时候，我对自己作为老巫婆潜伏在幕后感到厌倦，便把这两个孩子叫过来。问他们是否有兴趣吃个冰激凌，他们的反应既惊讶又兴奋，可首先奔到父亲身边征得他的同意。如果没找到柯德，他们就坐到我那里，晃动着大腿，舔食着冰激凌,慢慢就不认生了。他们一个叫莉莉,另一个叫保罗，今年七岁，过完暑假就上二年级了。

“你们期待上学吗？”我问，因为不知道如何找到合适的对话素材。

两个孩子做出了肯定的回答。“我们最喜欢课间休息。”保罗说。“还有朗诵，”莉莉补充道，过了一会儿又问道，“你究竟叫什么名字呀？”

“你们可以叫我品特太太，或者也可以叫我卡拉。”我犹豫着说，因为我不认为像在我的童年时代那样要将陌生人称为“叔叔”或“阿姨”。

后来我在沃尔夫拉姆——或者更确切地说是在贝娜德特的收藏品中发现了一系列的经典童书。从那时开始，我不知疲倦地给这对双胞胎朗读。令人惊讶的是，我最新发现的和小朋友交往的能力，成了我寻常生活的高潮。在此之前，我只是在晚上做一顿热菜热饭，可现在我中午也做了，这样的话，年轻的客人，也包括柯德，吃上一份意大利面条、一点儿巴马干酪以及一满匙调味沙司就会感到幸福满满的了。尤迪特对我们悄悄结成的兄弟般关系一无所知，因为她回家时，那对双胞胎已经回到母亲身边。柯德用我的车将他们接过来，下午再送他们回去。周末是休息。上面提到过的娜塔莉从没有在我们家里出现过。母亲和孩子一起出去度假，显然又缺少这方面的开销。孩子们说他们所有的朋友和同班同学都外出旅行了。“可是我们过得更好，因为我们可以在你们的院子里玩耍。”莉莉说，我被她说得好感动。

假期结束，我简直有点伤心了。看到讨人喜欢的孩子，很快就习惯了，我几乎感到很遗憾，人生到了如此晚年才尝到滋味。阳光明媚的日子也突然不见了踪影，外面大雨滂沱，秋天随猛烈的风暴一起开始，我再也不能在我喜欢的阳台上享用早餐了。柯德虽然继续睡在沃尔夫拉姆的床上，可白天大多见不到影子——也许他躲藏在尤迪特的屋子里。我们三个同居一个房子的人唯一见面的机会出现在晚上聚餐时，我有时感觉自己有点孤单寂寞。贝拉布洛克虽然经常陪伴我，可是我不可能给母狗朗读吧。

幸好在几周无望的日子之后，勃勃生机突然重新走进我的生活。十一月十一日，我还观看了本地小学生的灯笼游行，于是凄楚地想起莉莉和保罗。然而到了第二天，当我手指飞快地打开一份公函时，我怏怏不乐的心情便烟消云散了。难以相信的是，我居然真的成了沃尔夫拉姆的唯一继承人，完全没有官方的刁难，没有任何的疑虑和异议。虽然还要越过一些极为死板的障碍，但我终于可以放弃那套老居室，感觉自己在海狸街是个绝对的女君主。

当我差不多领会了这一好消息——它来得比我期待的要早，我的第一个念头就是给尤迪特打电话。我手里拿着话筒，刚拨出图书馆电话号码的前三位数字，却又有了另外的想法。到现在为止我还没有写下自己的遗嘱，因为我真的还没有任何可以遗传的东西，可现在尤迪特一定会施加压力。或许尽可能长久地保持沉默更为聪明吧。等到哪一天要搬家或是装修了，再来说这件事也还来得及。另一方面，如果我隐藏这则消息，恐怕她会对我大生怨恨，再说这种轰动新闻我本来也无法长久地藏着掖着。至少我继承的第二处房产他们不必知道。我可以把它卖出去，用卖房所得支付税款和装修费用。

“一个接一个地来。”我喃喃自语道，为了庆祝这个日子我要给自己买上一大束菊花、芳香四溢的蜂蜡烛、香槟、鱼子酱、荞麦粉、狍里脊肉、越橘以及花色小蛋糕。我可以好好地为今天这个夜晚献上一小块狼皮。

“我们何以有此荣幸？”正当我们在烛光的背景下碰起小巧的水晶杯时，尤迪特问道，柯德也用惊讶的眼睛看着我，这些水晶玻璃杯想必出自贝娜德特的嫁妆吧。

“从今天开始这个房子归我了。”我说，喝了一大口酒，然后满怀期待地注视着我的室友们。尤迪特激动得怪叫一声，柯德似在梦里一样微微一笑，然后将鱼子酱堆在作为餐前小吃的薄饼上。

“难以相信！你给我看看这个好消息？”尤迪特问，“你把所有的一切据为己有，那可真是扣人心弦……”

“下一次吧，”我敷衍她道，“反正首先还得处理完一些事情。不过我们终于可以通知解除我们寓所的租约，计划这座房子的装修和分配。”

“我对我的房间完全满意。”柯德说，仿佛他将来永久居住在这里也是理所当然的事。“我对阁楼间也一样，”尤迪特说，“就是说，你也可以伸展四肢随心所欲地躺在二楼的地方。”

“多谢你们的宽宏大量，”我说，“这么说的话，底楼的厨房间继续供大家使用。沃尔夫拉姆的客厅就是我们共同的见面场所，我绝对不会出租出去。”

柯德似乎在仔细琢磨我的话，他额头上的皱纹竖了起来。“眼下我付不出租金，不过我会承担所有累人的体力活——给房间裱糊，抹上涂层，再上油漆，刨平地板，敷设电线，诸如此类的一切……”

“看来你真是一个全能的工匠。”我有点怀疑地说，可尤迪特为她的被保护人辩护。

“他确实几乎什么活儿都能干，”她说，“一个朋友煤气管道坏了，柯德甚至还给修好了呢。”

他们想最终以这种方式谋杀我吗？供暖装置操作不当倒是常常引发灾难。但是弄出一次爆炸，破坏掉整幢房子，他们还不至于做出这等事来。

“有些事最好还是应该委托给行家，”我说，竭力保持镇定，

"我宁愿在这方面多花些钱。不过我觉得你明天就可以开始干起来，把我房间里那些难看的裱糊纸撕下来。地板上的地毯也同样相当破了。"

"遵命！"柯德说，"恐怕得给所有的垃圾预订一只大集装箱！"

第二瓶酒也很快喝完了，又开了第三瓶。当我终于躺在床上时，一种无比幸福的感觉涌上我的心头。不仅是因为我现在是个有钱人——哦耶维迪维迪维迪维迪维迪维迪砰——，而且也是因为我证明自己是个伪造大师。遗产法院竟然没有一个聪明能干的官员对我作品的真实性表示出丝毫的怀疑。遗憾的只是，我的天才恐怕再也没有施展的机会了。

次日，我感到头晕脑涨。自从和尤迪特住在一起以来，这种情况已经多次出现。当我为了恢复身心而在浴缸里放松自己时，我想到一个主意：为了不使我的朋友对我无礼，我可以撰写一份遗嘱保留在公证人那里，但并不是不预设一个决定性的附加条款：也就是说，如果我是死于非自然死亡——只要有一丁点儿的怀疑，那就必须下令刑事侦查——，那么整个遗产将落入一家社会组织之手。这样一种表述无疑是最好的人寿保险。

几小时后，我又一次慷慨大方地为晚餐外出购物；虽然不必总是鱼子酱，可我也不再需要每分钱掰成两半用了。我推着装得满满的购物车终于靠近我的汽车，然后翻找我一直放在裤袋里的钥匙。可是裤袋里没有钥匙，我那只偌大的篮筐里也没有。我检查了所有购买的东西，越发烦躁起来。最后，我回到超市，问是否有人发现一串钥匙并且上交上来了。我在这里也一无所获，开始担心自己得冒着蒙蒙细雨拿着沉甸甸的东西跑回家，取回那把备用钥匙。

真是不幸中之万幸。住在同一街区的一个女邻居注意到了我的尴尬，愿意让我搭一段路。

直到这位好心的女人让我在海狸街下车，我才发现身上也没带大门钥匙。在我出门前不久，柯德带着贝拉出门进行例行的长距离散步，因此我也没法按门铃叫他开门。我骂骂咧咧地将购物篮存放在入口处，穿过院子走到大楼后面，希望在那里找到一个未上锁的门。

阳台门当然没有开着，可客厅里亮着灯，有个人影在沃尔夫拉姆的写字柜前晃动。难道是小偷偷了我的钥匙，然后一刻也没有迟疑地入室盗窃了吗？可是，他怎么知道我的地址？我还在绞尽脑汁地思考，贝拉布洛克发出叫声，那个入室盗窃者转过身来。原来是柯德，手里拿着一把螺丝刀。

我平静了一会儿，至少并没有陌生人闯入大楼。可恐慌重新袭上心头。柯德在沃尔夫拉姆的写字柜里寻找什么？

“你在这里干什么？”我站在门槛上大声训斥他，并没有耽误时间去解释我的车停放在哪儿以及为何我突然站在阳台门前的问题。

柯德尴尬地支支吾吾道：“是尤迪特……”然后他沉默了一会儿，终于问道，“为什么我没有钥匙？”

我只是一声不吭地摇摇头，然后马上重新盘问柯德。

“尤迪特说，我应该看看那份遗产证书在哪儿。”柯德结结巴巴地说，像一个小女孩那样脸色绯红。

我真的没有把那封官方信件藏到楼上我的卧室里，而是藏到了这里。或许柯德也到楼上那里窥探过了。

我气愤至极。“这是严重的失信行为，”我训斥他，“鉴于这种情况，我不想再长久地和你们住在同一个屋檐下了。”

柯德低着头离开房间，先躲在他的房间里以求自保，贝拉跟着他过去了。是否他现在立即给自己不值钱的家什打包了？我的发作在某个方面确实让我感到有点遗憾，因为渐渐地，我更多地是对尤迪特表示愤怒。至少柯德没有打开过刚才已提及的那只抽屉。和所有其他的钥匙相反，我把这把附属的钥匙藏在我的针线小盒子里了。尤迪特真的是叛徒吗？为了让自己镇静下来，我急匆匆地重新穿上外套，先准备到超市去，用那把备用钥匙取车。

我的车还乖乖地停放在停车场里，令我感到惊讶的是，车子根本就没有上锁。我上了车，发现那串丢失的钥匙就在副驾驶座上。“妈呀，卡拉，你老了！”我喃喃自语，可心里还是感到释然了。

吃晚饭时我当面质问尤迪特。柯德已经走掉了，不过没有带上自己的家当。到了夜里他一定又会悄悄溜回来。

“那想必是他理解上出了点问题，”尤迪特不动声色地说，“我只是提了一句，很想知道遗产证书上面都写了些什么！”

“我还根本没有拿到遗产证书，”我恼火地说，“目前为止我只收到了遗产法院的一封信，你想看就看吧。”

当我将那封信的附函递给尤迪特时，她就可以相信，虽然他们将我视为合法的遗产继承人，但对期待中的财产还没有给出任何细节的说明。他们只是告诉了我一个需要本人走访的时间。

“是呀，下周我们会知道得更多，”她评论道，“此外，你把柯德赶走是一个错误，因为他会报复。毕竟他对我们的遗产知道的情况要比我们希望的更多。况且，除了他，以后谁应该干粗活呀？别马上这么拉长脸，也许一切又可以恢复如初，让我来试试吧。没有他我们永远不可能像现在这样几乎达到了我们的理想目标！”

为什么她老是说我们？我在想，毕竟遗产继承人不是她，而是我。

尤迪特兴高采烈地含笑注视我，马上换了话题：“其实我今天还想看一部大片，你一起去看电影吗？”

“现在在放什么？”

“好吧，幻想片可能不是你的大爱……”

她当然知道我越来越不喜欢那种超自然的骗术。从某个方面看，尤迪特偏爱侦探故事我还可以接受，启发智慧的科幻片也可以考虑，经典作家，比如布拉姆·斯托克或者奥威尔的作品，我自己在青年时代就很喜欢看，可自从看了《哈利·波特》之后，和头上长角的淡紫色处女、身上长翅膀的骑士、可以说话的龙或者和诸如此类的弱智有关的那种幼稚可笑和空洞无物的狂热完全使我心神不定。我不客气地拒绝了尤迪特，她只好咧嘴冷笑着离开了我。

21

叛徒

初冬时，我发觉自己开始以滑稽的方式活像沃尔夫拉姆。自从取得遗产证书，拥有死者的全部财产之后，尤迪特反复暗示我有必要拟定一份自己的遗嘱。我不得不承认，我几乎每天都要对严丝合缝的措辞润色一番，和沃尔夫拉姆一模一样，制订了多份方案，然后又重新把所有的草稿扔得到处都是。毕竟我不是法学家，可还是想弄上一份缜密的文稿，一份毫无疑义的文本。我自认为已经小心谨慎地将那些尚属无效的初稿锁起来妥善保存了。

房子装修进展顺利，我很高兴柯德能留下来并被证明是一个能干的手艺人。对我们很有用处的是，他在地下室里发现了一个老式然而功能齐全的车间。不过我请了一名专业人员安装新的煤气取暖装置。在这段时间里，我几乎像一位贵妇人那样下榻在二楼；我引以为豪的不仅因为卧室里有一块淡蓝色的真丝裱糊布，而且还因为客厅里那些擦拭成藏红色的墙壁。老旧的栎木地板柯德已经打磨并上了油，我不想用新的地毯铺地。虽然还缺少一些东西，因为我在做试验，而且老是挪动家具的位置，但总的来说非常满意，顺便提一下我对柯德也是。我们还完全没有动用过底层的地方，那边的厨房毕竟还可以用起来，我对此已经心满意足了。

你怎样对待我，我也怎样对待你，我在一个晴好的日子里如是想道。尤迪特当时劝说柯德寻找我的遗产证书。和阁楼间不同的是，虽然我的一个个单独房间可以锁上，可我的屋子总门却不能。如果我不在家，那两个人也许就会尽情地到我的地盘上溜达。相反我从未到过阁楼，因为尤迪特不肯屈尊一次邀请我进入她的王国。我太骄傲了，也就不愿低声下气地求她。由于和我合住的成员刚好有一段时间不在家里，我现在终于想要好好检查一下那层楼了。尤迪特正在上班，柯德带着狗外出了。

尽管阁楼大门和期望的那样被锁上了，但是我确实拥有一把备用钥匙。一切和我初次拜访时的模样迥异。儿童家具看来已经被挪到了阁楼上，墙壁由柯德新近粉刷过，尤迪特的一些家具也秘而不宣地被搬过来了。卧室里摆着一张新的双人床，那只健康枕很奇特，据说有助于缓解抽搐引起的困扰。奇怪的是，除了偶尔听到楼梯上的轰隆声之外，我绝然没有注意到那些变化。我的这个朋友早已背着我将我的家视为她自己的家了。

这里不会想到贝娜德特未曾实现过生儿育女的梦想。我想起莉莉和保罗前不久来做客，第一次在父亲这里过夜。那是尤迪特难得不在家的唯一一次周末，据说她到法兰克福给一个从前的同班同学庆祝三十岁生日去了。因为在院子里玩耍太冷也太湿，我就给双胞胎朗诵了好几个小时。两个人坐在我旁边的沙发上，聚精会神地倾听着。莉莉怀里抱着一只玩具娃娃，保罗则抱着一只长毛绒玩具动物。这些当然都是贝娜德特那间布置得亲切温柔的婴儿室里的玩具。莉莉的玩具娃娃穿上了紫色的吸血鬼戏装，还被缝上了翅膀；嘴角两边过大的雪白尖牙被画上了油漆，乌黑的三角眉毛同样也是。原本那么善意的玩具狗熊突然变成了魔鬼，贝娜德特给它钉上了兽角以及一根用毡做成的长尾巴，并且给它披上了一条火红的魔鬼靡菲斯特披肩。看来孩子们喜欢这些怪物，将他们最喜欢的玩具称为“撒旦熊”和“嗜血芭比”。

“爸爸送给我们的。”他们回答我的问题。

“我们还有更多，”保罗说，“可绝大部分的玩具更适合给婴儿玩。”

柯德可以悄悄溜进屋子，看来他慢慢将所有玩具都给了他的孩子。

在尤迪特的房间里四处打量时，我并没有感到于心不安。用拙劣的粉红色瓷砖铺设的浴室间变化不多。有一个房间原定用作厨房的，基本上还没有什么陈设，里面摆着一只宜家台架和一个冰箱，桌上摆着一个单层电炉和一个电加热水壶。尤迪特的写字台位于客厅一个倾斜的老虎窗下面，让我吃惊的是电脑居然没关上。可我避免哪怕只是碰到那只怪物，尽管要想看到她的邮件我一定会做得到。

我有点拿不定主意地将写字台最上面的抽屉拉开来一点，一张比较大的纸冒出来了，我认出是一张非专业的房子平面图，上面手写了一些内容。有意思，我想道，我亲爱的尤迪特究竟是如何设想装修的呢？

在底楼，她显然想要敲掉一堵墙，将原来两个房间作为唯一的大厅布置成阅读与互联网咖啡馆。这个甚至完全可以付诸实施，我想，我们原先也曾经考虑过这一方案。看来柯德可以保留自己的房间，可以在邻近的厨房为顾客配制咖啡。我赞许地点点头，可当我在那张纸的反面看到自己那套居室的正面图时，我的好感消失得无影无踪。在二楼，原先两个房间同样被合并成唯一的一个，她用细铅笔潦草地写道：会议、协会或者老年俱乐部。怎么回事？我作为别墅的主人究竟应该被安顿在哪儿？难道我到最后应该在养老院里度过余生，而把我的美丽房子托付给一对罪犯吗？

现在我才真的开始激动地搜查起尤迪特的文件来。我首先找到了房屋中介一封信的复印件，信里谈到准备卖掉我在吕策萨克森街第二套房子的事。这处房产我到现在为止一直向尤迪特隐瞒着，可看来她对此了如指掌。她从来没有提及遗产税或者必需的资金，照例早就应该引起我的警惕了。可这还不是全部：在许多无关紧要的信件、旧日历以及账单中，我发现了另一张复印件——是我的一份遗嘱草稿！

我小心翼翼地将所有证据重新放回原处，不让尤迪特觉察出丝毫的怀疑。我双手颤抖着锁上门，离开了这个背叛之地，先为自己泡了杯药草茶。我需要头脑清晰。画出来的那张设计图也许是旧图而已。我的那个遗嘱草稿她也可能没有花费太多工夫，因为那份草稿还包含着所说的附加条款。尤迪特永远不可能像我一样成为天才伪造专家，而我完全可以和我的男性同行康拉德·库约、洛塔尔·马斯卡特或者沃尔夫冈·贝特拉希媲美。尤迪特当时想要模仿沃尔夫拉姆的笔迹，结果落得个可悲的下场。我的笔迹龙飞凤舞，她肯定更要以失败告终。

可更为恶劣的是，看来她在有计划地检查我的邮件，十分熟悉我的银行交易底细。毋庸置疑，如若没有她的支持，那个遗产决不可能归我所有，可是她和柯德并没有一无所得。他们既不用支付房租，也不用支付电费，既不用支付垃圾费，也不用支付烟囱清扫工的费用，日复一日地由我提供伙食，而无须支付一个子儿。尤迪特可以挥霍自己的工资，昨天她还买了一双贵得要命的高跟鞋带回家。柯德有了栖身之处，有了一辆车，每天有一顿热菜热饭，还有一份很显然带给他乐趣的工作。他要出去购买原材料，我就交给他一笔可观的费用，而从不需要再核算一遍。难道这还嫌不够吗？可是即便我认为和我同居一屋的人厚颜无耻地刺探我的情报，我也无法简单粗暴地将这两个人扫地出门。他们知道得太多了。我们不仅老是住在一起，而且也坐在同一条船上。

可群居生活也有令人舒心的一面——可以聚在一起吃饭。很多个夜晚，我们轻松愉快，谈笑风生，我已经多年没有笑得那么多了，更不用提有人经常赞美我的厨艺，让我一生中第一次感受到自己是一个家庭不可或缺的母亲和抚养者。到了我这个年龄，任何时候我都可以是一个瞎子、聋子或者瘸腿者。如果一个人不能完全依靠自己挣钱过日子，那是一个巨大的优势。尤其是我已经习惯了那只忠诚的金毛犬，它虽然认为柯德是自己的主人，可也忠诚地服从于我。

我的心里在犹豫不决，泪水早已涌上我的双眼。尤迪特至少是我多年的朋友，倘若没有她，我的职业生涯就会相当无聊。我可以和她乱开玩笑，我自始至终是信赖她的。难道真的是这样，她想要谋害我，只是觊觎我的财产，是我完全看错她了吗？如果我迄今为止将她嘴角周围的面部表情视为淘气捣蛋的话，那么看来我得修正我的判断：尤迪特成了叛徒，而柯德成了她的帮凶。我想起了一首老歌：哦，我想乞讨，我想偷盗，好让你成为一个幸福快乐的人！这首歌名错了，它的名字应该叫《我想杀人》。

我的内心渴望喜欢他人，渴望人生的乐趣，可我的脑袋却在警告自己别过于掉以轻心了。能住在带院子的漂亮别墅里，那真是美妙极了，可现在拥有这样的房产有危险了。

门铃猛烈地响着，打破了我的沉思。贝拉嗖的一声闯进来，柯德涨红着脸出现在它后面，看起来完全进入了角色：“你需要车吗？我得马上出去一趟，很急……”

“出什么事了？”我问。

“娜塔莉……”他支支吾吾道。

他终于匆匆忙忙地报告说，孩子他妈在超市里上班累倒了。和娜塔莉住在同一个楼里的女邻居刚刚通知他说，她看到莉莉和保罗在家门口挨冻哭闹，于是把两个孩子领回了家。然后她就给超市打电话，才获悉娜塔莉被送往了医院。柯德说完就冲了出去。

当那条狗宣布主人到来时，我和尤迪特正在吃晚饭。柯德进来，手里牵着那对双胞胎。

“这个绝对不行，”尤迪特叱责他，“我们已经商定好，这两个孩子不在这里——”

“我不是得把卡拉的车子送回来吗？”柯德说，“我别无办法，我可不能撇下孩子不管……”

“那是你的问题！”尤迪特无情地说。

我很同情两个孩子。“过来,先坐下来,”我对保罗和莉莉说，“你们想喝可可还是更喜欢苹果汁？我给你们煎点儿土豆片。”

我正站在灶边，尤迪特和柯德怒目相视，然后突然离开了厨房。我听到他们在过道里大声争吵。

“妈妈究竟怎么了？”莉莉问。

“不知道，”我说，“但她肯定马上又会回到家里。到那时为止你们可以放心待在这里。”

“可明天我们得上学，”保罗说，“我们今天什么作业都还没做。”

“那个坏女人不愿意让我们待在这里，”莉莉说，“可她根本不可以禁止我们这么做，这房子也是我爸爸的，是吗？”

我克制住自己。过道里突然静寂下来，我听到尤迪特冲上楼去。柯德又进来了，坐在孩子中间，安慰性地抚摸他们的后背；可他的脸色却是相当绝望。吃完饭他带孩子回到他的房间，将一张碟片塞入他已经据为己有的沃尔夫拉姆的电脑。

“是那个老鼠节目。”他重新坐在厨房里时解释道。

“娜塔莉情况怎么样？”我问。

“她一直瘦得太厉害了，”他说，“那叫什么厌食我不知道……”

“神经性厌食症。”我说。

“我很想把保罗和莉莉接到自己身边来，”柯德诉苦道，“可我又是一个不中用的人。”

“不，你并不是。你本来可以成为园丁、房屋管理员、电工或者油漆工。”我说。说完我就看到他哭了，我是难以忍受一只号啕大哭的狼的。马上换一个话题，我想道。

“二楼你能不能砌上一堵隔墙，我好锁上我的屋子？”我问。

柯德想了一会儿，说道：“肯定可以，这个别墅本来就是准备给三户家庭用的房子。不过不那么便宜。”说完他回到了孩子身边。

22

灭火器

第二天早上，保罗和莉莉病了，伴有发烧的感冒，虽然没有任何特别之处，却是给了他们不必上学的充分理由。

“这不会中尤迪特的意。”我猜测道。看来柯德无时无刻想过要将孩子带回到娜塔莉的蜗居里去，包括他自己也没有想过要待在那里。

“决不，这是我无法忍受的，因为我有幽闭恐惧症，”他说，“可我一定要给娜塔莉带去睡衣和盥洗用品。另外我想知道，是否她得在医院里待上两天以上。”

他把两个病人托付给了我，答应在回家时买个退烧药，然后再去曼海姆医院。幸好尤迪特已经出门，不会料到我们病倒的事。

我好奇地问这对双胞胎，如果他们生病了，他们的母亲会不会留在家里照顾他们。

“以前外婆会过来，可现在我们绝不能生病，否则妈妈会丢掉饭碗的。”莉莉说。

“外婆是请不过来了，因为她疯了。”保罗说，两个人咯咯笑着。

“你们的爸爸肯定也有一个母亲和一个父亲，你们的祖父母究竟住在哪里？”

他们只知道有个疯外婆，两个人身上盖着被子坐在沙发上，将温度计插入嗜血芭比和撒旦熊的屁股上，喝着热可可，似乎因为不用上学而很享受。下午，高烧上升，他们又自愿地躺在贝娜德特那张又大又沉的睡椅上，从沃尔夫拉姆收藏品中找出一张碟片，让快乐的福音和忧伤的圣歌陪伴自己渐渐入睡。

柯德稍后也回来了。他说医院采用人工方法给娜塔莉提供营养。一旦病情稳定下来，她将被转入精神健康总院。谁也说不准她究竟要待上多久。他给人留下一个垂头丧气的印象。此外，一名护士指责他，女病人健康状况如此虚弱为什么还让她上班，她身体没有早就垮掉真是奇迹。柯德引用护士说的话“可以给这个可怜的女人念主祷文！”时，不由自主地咧嘴冷笑起来。

这个挺会照顾孩子的爸爸为他们带来了药物、玩具、学习用品以及衣服。他们用完药重新懒洋洋地坐到电脑前，我开始问起柯德父母的事。那是一个悲剧故事：继父从他小时候起就一直揍他，甚至多次虐待他，经常侮辱他。柯德年少时触犯法律，他就把他赶出了家门。母亲那段时间居住在西班牙马略尔卡岛，不希望再和自己沉重的过去有交集，因此几乎不再和儿子有联系。好可怜啊！我想道，可高兴的是，这对双胞胎还是长得非常好。

“尤迪特究竟为何如此敌视娜塔莉和你的孩子呢？”我问。

“嫉妒。我应该完完全全属于她，”柯德说，“可我不能对孩子置之不理……”

“嫉妒？我原以为你和娜塔莉的事早已结束，而且你和尤迪特也不再是情侣了。”我提出反对意见。

“在某个方面没有，在某个方面还有。”他像说暗语一样喃喃道。

我还没来得及插问，就听到犬吠声，然后门铃也响了，柯德过去开门。

我听到阿特曼太太好奇地问是否孩子们又来做客了。她说昨天在院子里就看到了这对可爱的双胞胎。夏天的时候她收获了很多樱桃，把它们冰冻了起来，她完全不知道该派什么用场。她问是否要做个香草冰激凌和樱桃汁热饮，给孩子们一个惊喜？敦厚和善的柯德将唠叨饶舌的阿特曼太太领进屋来。

阿特曼太太染了崭新的银色头发。她的目光在贝娜德特收藏的杯子上停留了很久。她恐怕一辈子都喜欢从我们这里打听到这个屋子里的人的所有细节。她连问都不问一下就在餐桌前落座，抚摸那条狗，然后说，我们不该愚弄她那么久，她早就明白那条狗就是贝拉布洛克，是萨波莉娜的那条金毛犬。

说完她将两只装有冰冻樱桃的特百惠罐头放到餐具柜上，一听说双胞胎生病时，马上喜形于色起来。她说自己可实在是有灵感，樱桃是病人的最好食物。她一直在盼望孙子们过来，她的几个儿子也迟迟不来。我和柯德始终不吭声，她只好怏怏地离开了。

我听到阿特曼太太在大楼门口还在说："小伙子，我很想得到你的帮助，下周回收大件废品，我有一只很沉的耳朵状软垫沙发椅要送到街上去。我不会让你吃亏的！"

柯德的回答虽然轻得我没法听清，但我可以想象他是如何回答的。

他有点不情愿地重新进来了。

"你现在可以生气，但并没有义务做这件事，"我引用我哥最喜欢的一句格言，"不过你也真的什么都可以对付得了！我刚想要问你，为何总是让尤迪特牵着鼻子走……"

柯德不吱声了，想了想，终于走进他的房间，我听到他在自己的随身东西里翻找。他带着一张剪报回来了，报纸已经皱巴巴，只是费老大劲才能看清楚，他无声地把它递给我。我看到上面写着：

他的头被一只巨大的灭火器砸烂了。赫尔曼·G死于脑外伤引发的中枢性瘫痪。次日，人们在车库里发现他时，他仰卧在血泊和腐蚀性泡沫之中。他还死死地抓住一把吃肉排专用的尖刀不放。

我茫然不解地看着他。

"这个赫尔曼·G是我的继父，他也老是虐待我的母亲，"

柯德说，“尤迪特给我作证我绝不在事发现场。或许我应该承认一切，因为这本来就是正当防卫。正因为如此我多年来一直受尤迪特摆布。”

“可是如果留下了指纹、DNA鉴定或者其他证据，那么这个不在犯罪现场的最好证明又有何用？”我提出异议。

“当时人们还没有走得那么远，那些方法还没有被大量应用。”

我感到越来越不舒服。看来我的两个同屋不只是微不足道的刑事犯，而是犯罪分子。很遗憾我的本能完全不起作用，因为我把尤迪特遴选为朋友。而我觉得最近一段时间柯德越来越讨人喜欢了。

我正陷入沉思之中，只听到柯德喃喃道：“我根本不知道为何要把这一切都跟你说，到现在为止我还从没有如此信任过其他人。但你善待我的孩子，包括对贝拉布洛克也是，这是我没有料到的。”

看来我有成为神父那样的天赋！沃尔夫拉姆向我承认过他最隐蔽的罪孽。这两个男人的命运何其相似，我真要疯了。两个人在蜘蛛网里蹦来蹦去。那么我自己呢？我的境况难道有那么迥异吗？在我们的友谊中尤迪特不也是在“拆线”吗，我都没有真正地意识到这一点？只是自问，在蜘蛛吞噬我之前，我如何才能解放自己？

仿佛读得懂我的心思似的，柯德消失在自己的房间里，不一会儿手握一件小物品回来了。

“孩子们在干什么？”我问。

“他们又在看那个老鼠节目。贝拉陪着他们呢。——我本想请你把那只小瓶好好藏起来，千万别让尤迪特找到。”

“为什么？那里面有什么东西？砷吗？士的宁吗？”

“类似的东西。尤迪特不久前委托我购买蒙汗药。我不希望祸及孩子。”

“那个滴剂究竟打算派什么用场？”我怀着忐忑不安的预感问道。

“不知道，但肯定不会是派好用场，”柯德嘀咕道，“到最后尤迪特还会想到往孩子的可可饮料里滴上几滴。”

“天哪！”他又说，孩子们一开始就成了她的眼中钉。

我茫然不知所措地摇摇头，说最好还是将毒药倒入水槽。

“扔掉蒙汗药就太可惜了，”柯德说，“你可是永远不知道它会派上什么好用场。万不得已我可以再把它卖给人家。”

“一旦这东西不在原来的位置，尤迪特一定会注意到这一点……”

“我没有你们想象的那样笨，”柯德说，“这不是很清楚吗，是我把滴剂换掉了。原来那只红瓶子一直还在老地方，就是里面全都换成了水而已。”

我若有所思地打量他。无论如何，没收这瓶滴剂算不得坏主意。谁知道呢，说不定将来有一天我还得给我这位勤快的同屋设下圈套呢——真是有可能，他会发脾气，就像从前发生在他的继父身上一样。毕竟我是这里的厨师，因此可以添加各种香料和配料，在咖啡或者汤里加上几滴，很可能会产生奇效。

我拧开小瓶的盖子，闻了闻清澈的液体，甚至在瓶口边缘稍稍舔了舔。如果真是致命的物质，那么既不能看，也不能闻，更不能尝一口。我必须想出一个秘密的隐匿之处，谁也休想找得到那个地方。在匆匆考虑了一下之后，我将小瓶藏在书橱里戈特弗里德·凯勒[1]的小说《绿衣亨利》后面；尤迪特从来不会拿出这本了不起的小说来看，柯德更是不会。

很遗憾，我的别墅里发生了那么多的大事，所以倘若总是考虑到最糟糕透顶的事情，随时做好心理准备的话，那倒也无妨。我重新坐到厨房桌旁，有点不恰当地，也有点叫人摸不着头脑地问道："我们家里有没有灭火器呀？"

柯德吓得一哆嗦，恶狠狠地朝我瞥了一眼，说他现在得去瞧瞧他的孩子了。后来，我到地下室把烘干机里的衣服拿出来，然后找到了一件鲜红的物品，它有着粗大而超长的热水壶的形状。相当陈旧，也许早就不能正常使用，我想道，但有力的一击大概一直还是管用的。不过这样的范例一定还从未被使用过，我宽下心来。

在我等待和尤迪特一起吃饭的时候，我先给孩子们端上了"穷骑士"面包，配上了热樱桃和一大勺冰激凌。两个人欣喜若狂，心怀感激。莉莉说："在你们这里就像在天堂一样。你还做很棒的饭菜。"

"你们的妈妈肯定要比我做得好得多，"我说，"你们最喜欢的菜到底是什么？"

---

[1] Gottfried Keller（1819—1890）瑞士德语作家，《绿衣亨利》为其代表作。

"我们总是自己做'马吉莉塔'比萨,"保罗说,"你得给烤炉生火,然后把冷比萨放到上面烤,等上十分钟时间,就可以把它拿下来,有一次我还把手指给烧伤了。"

"因为他没戴上手套!"莉莉说。

"莉莉于是拿来了端热锅用的厚布搁在热的炉灶灶板上,那些布块就开始烧起来,整个厨房里烟雾腾腾……"

"……幸好爸爸来了,把火熄灭了。"莉莉补充道。

贝娜德特把我们厨房里那些厚布从淡绿深绿相间的棉制品钩织成一块块的斜线条。那些用齿形花边点缀的边缘显示有几处地方烧焦了,我非常果断地将它们塞进垃圾桶里。毕竟我已拥有了非易燃材料制成的厨房用手套,现在是慢慢清除掉贝娜德特嫁妆的时候了。

尤迪特回家时,孩子们已躺在床上,因此也是第一次让房间变得清静起来。不过还是没隔多久,我们恰好在吃我做的美味可口的匈牙利赛格德炖牛肉时,莉莉穿着粉红色睡衣摸索着进来了。

"渴了!"孩子说,注意到了尤迪特,然后胆怯地依偎在父亲身旁。

"出去!"尤迪特尖声道,这时我站起来,往一只杯子上倒上苹果汁。莉莉一口气喝完就走了。

"可惜孩子们病了,"我说,"你应该对他们和气点!"

我偶然间看到她仇视的目光时,我想道,她变样子了。尤迪特今天把自己的粗辫子编成王冠环绕在头上,那个发型活像乌克兰的尤利娅·季莫申科。她为此还佩戴了一件引人注目的时髦首饰——一条闪闪发光的项链配上颜色各异的吊坠，出自贝娜德特的收藏品。

“我们说好别让小家伙在这里扰乱我们的，”她说，“卡拉，你让我很失望。你不该老是对我阳奉阴违，要更加坚定一些才对。你一开始也不想要那条狗的，可后来心就软下来了。这一切究竟还有完没完！”

“我们根本没有约定过！”我大声呵斥道，“柯德的孩子也是没有办法，他们的母亲躺在医院里！”

“我很怀疑他们是不是他的孩子。这个娜塔莉可是跟谁都鬼混的。柯德还没有要求做过亲子鉴定，实在是头脑太简单了！”

柯德一骨碌跳起来，说他不必再听下去了，跑了出去。我几乎和他一样感到委屈。“保罗长得那么像他爸，基因测试是多余的，”我说，“完全撇开这一点不谈，遇到这样的情况，就算是素不相识的孩子我也会接纳！”

“那就是说我们慈悲的圣卡拉又回来了，”尤迪特说，“她精心照顾垂死的沃尔夫拉姆，收留无家可归的小狗，将丧母失父的小孩紧紧搂在怀里！可我们的圣女却有一个爱好有点非同寻常：伪造证书，然后名正言顺地捞金！顺带提一声，正如我们商讨过的那样，我一直在等你起草一份自己的遗嘱。”

“我早就写好了，只是还要带到公证人那里去看一下。”我说。话刚说出口，我就意识到自己犯了一个错误。

“我能看看吗？”尤迪特问。

“当然，”我迟疑地回答，“但是在此之前我还想再稍稍润色一下。”

23

我杀死了瞌睡神

其实孩子们身体恢复得很快，大人现在完全可以问心无愧地送他们到学校去。可要在这种天还未亮的时节把他们大清早地赶下床，柯德的兴致并不是很高。从魏因海姆到学校，这段路相对而言算很远了，过不了几个小时他又得把双胞胎接回来。他一天天地能拖则拖，说是让他们再稍稍放松一下可以康复得更好。冬日的早晨寒冷而潮湿，我也想在床上多躺上一会儿，可以惬意地打个盹。可是意想不到的客人突然登门造访：保罗、莉莉和贝拉冷不防冲进门来，一个个身手敏捷地爬到我的床上。

不知道已有多少年了，我不再和另一个人分享我的床铺。完全出其不意地，我马上对那些使用方便的热水袋产生了兴趣，贝拉布洛克也对它没有犹豫过，然后伸展四肢躺在我的脚边。我的床铺变得相当窄小，黏糊糊的，暖和，还极其舒适。

“爸爸呼噜声太吵了，”莉莉说，“或许你真想跟我们说说有趣的事情……”

“我们班的其他同学正在学习1到10彼此相乘的乘法表，”保罗说，“我们不想做笨蛋，因为我们没去上课！其实我是班上男孩子里面最好的，可遗憾的是我们男生都比女生差。”

我们在床上待了很久，轮流想出些荒诞不经的故事，甚至从算术题中寻找乐趣。最后，我还教了他们一首无病呻吟的诗歌：天黑了，月色似乎很明朗……我在他们这个年龄时感觉这首诗很有意思。直至十一点钟我们才看出贝拉肯定急着要到院子里去，我想喝咖啡，双胞胎终于可以吃上早餐了。阿特曼太太曾经向我讲起过她思念孙辈了，使我感到意外的是，他们由善意的命运进入这个家；其实我不喜欢重新把他们交出去。

“现在爸爸也还在躺着没起来。”保罗去了一下底楼后诉苦道。

“我们的妈妈还在医院里，”莉莉说，“好在我们有卡拉！”

“真的比疯外婆好。”保罗说。

我给病中的柯德准备了浓鸡汤，让两个孩子解几道算术题和描摹漫画书。作为酬劳我给他们朗读，午餐给他们做意大利面，和贝拉一起围绕街区溜达了一圈，感觉灰蒙蒙的一天过得很愉快。可我童话般的田园生活到晚上就要落幕了。

我曾多次请尤迪特给莉莉和保罗捎上几本儿童书籍过来。目前两个人尽管可以阅读他们这个年龄最简单的短文章，但我还一直很喜欢朗读给他们听，而我们的藏书目前已经用完了。

我们需要朗读的书籍，也需要自己阅读的书籍。

尤迪特很晚才回家，心情很坏，一对双胞胎已经在刷牙了，她啪的一声把一本专业书《人生的自由。迪特里希·潘霍华[1]为年轻人而写》摔在桌子上，这本书完全不适用于我们的目的。

“你没有缺心眼儿吧？”我训斥她，“这本书适合高中毕业生看，而不是小学生，要么你想在阅读之夜朗诵类似这些野心勃勃的东西吗？这书恐怕还是还给你，你自己留着用最好！”

“那还是你自己来吧，可以顺手牵羊拿走《格林童话》或者其他弱智的读物！此外，你喜欢的宝贝最迟得在周末离开这里，否则小心有大麻烦。”

“我是让你留宿在我的房子里，你没法在这里命令我。”我回击道，“如果你觉得不合适，你可以另找落脚的地方！”

尤迪特只是无言地翻白眼，消失在自己的王国里。

我当然马上向柯德谈起了我们发生的口角。他虽然一副疲惫不堪的模样，却从床上钻了出来。他表示愿意第二天到本地的市立图书馆为他的小孩借一些阅读材料。

“明天我肯定精神又会好好的了，我总是恢复得很快。我才不想在尤迪特的图书馆里露面呢，”他说，“孩子住在这里之后，我们经常发生冲突。到最后她还在大庭广众之下指责我。你不会相信这一点，可是尤迪特当真要求保罗和莉莉到孤儿院去。她甚至威胁要让青少年福利局干预！”

“这究竟是为什么？两个人不是在我们这里过得好好的，感

---

[1] Dietrich Bonhoeffer（1906—1945），德国路德宗牧师、神学家。

觉很舒服吗！他们还没有一次要过妈妈。”

“尤迪特威胁要告我，她已经想到了一些——不照管孩子、虐待孩子或者这类方向上的问题。闻所未闻的卑鄙无耻！”他叹息道。

我也感到愤愤不平了。虽然最近几年越来越频繁地听到不显山露水的伪君子们对自己的孩子实施家暴，可反面例子也同样屡见不鲜：母亲们出于报复指控前夫，最喜欢看到孩子的父亲坐牢。

我没料到尤迪特又从楼上下来了。她在冰箱里找火腿，最后把剩下的浓鸡汤加了热，装作完全没事的样子。她穿着浴衣，打发发着高烧的柯德到地下室拿酒上来。

“今天压力很大，”她抱怨道，“两个同事生病。大家似乎都有点儿感冒，然后目中无人地将它冒充为‘流感’。现在我要来上一杯好酒增强我的免疫系统！”

柯德马上顺从地拿出好几瓶葡萄酒供她挑选。尤迪特一杯接一杯地喝，我抿着小口陪着她。柯德却是滴酒不沾，默默无言地坐在一个角落里，神情紧张地打量我们。他的手指偶尔发出喀嚓声。

当尤迪特邀请我们唱歌时，他真的吓了一跳。“催眠曲，”她建议道，“为了摇着我们无辜的羔羊进入温柔的梦乡……”

我气呼呼地摇摇头，可是无济于事。她又一次尽情地豪饮，然后开始同样怪声怪气地尖声唱道：“晚上好，晚安，我杀死了瞌睡神。我打断了他的骨头，挖去了他的眼睛！”

“闭嘴！”柯德嘟哝道。

可是她依然发出嘹亮的声音：“明天早上，只要我愿意，瞌睡神就成了烤肉！”

“安静，否则柯德把你扔到烤肉架上去！孩子已经睡了！”我抗议道，可是她并没有让步，又唱起了第二首同样低级庸俗的歌曲。

“黑人起义在古巴，枪炮声响彻夜空……”

和以往一样，保罗和莉莉睡在厨房旁边的空房间里，在贝娜德特时代，这里是就餐的地方。柯德将大床旁边一只额外的床垫搁到波斯地毯上。他们三个人，或者不如说四个人居住在那里，因为贝拉和两个孩子建立了深情厚谊，我也预料到它夜里并不是躺在地毯上。

双胞胎大多九点左右躺在那张加宽的床上，很快就入睡了。我们在邻近的客厅里看电视，或者有时待在厨房里轻声聊天，似乎从来不会打搅到他们。或许就是这样，孩子们在熟悉的声音里会感受到一种温馨舒适的安全感。可已有微微醉意的尤迪特这种刺耳的歌声恐怕都能把死人吵醒了吧。果然没过多久，两个只穿汗衫的孩子站在我们面前，揉揉眼睛。

“我们都听见了，”保罗自豪地说，“脓水在大街上流淌，交通无法继续通行！”

尤迪特伸出手指威胁他，补充道：“人们看到男孩们在拐角上津津有味地品尝脓水！那些身上长着虱子的弃儿恰恰和你们一样。”

“真渴！”莉莉低语道。

“那我愿意例外地奉送给你们一杯脓水。你们就可以好好睡上一觉了。”尤迪特说，走到餐具柜前，一瓶苹果汁就放在那里。她背对着我们，可我看到她将手伸进那件家居服的口袋里。我镇定自若地给柯德一个暗示。

他立马明白了，站起来，身处的位置可以严密注意尤迪特的一举一动。

“回去睡觉！”他对孩子们说，“我把果汁带到你们睡觉的地方去。”然后他拿起玻璃杯，和孩子一起离开厨房，我激动地跟在他们后面。到了外面，柯德示意别出声，先去了盥洗室，将果汁倒进水槽，再往杯子里接满自来水。两个孩子并不娇生惯养，喝起水来照样心满意足。

这究竟是什么意思？我不知所措地看着柯德，可是直至孩子们重新上了床，我们到了过道里，他才对我低声耳语道：“她把该死的滴剂藏在衣袋里，或者说得更明白些：那只红色小瓶子是真的，但里面的液体是假的，尤迪特往每只杯子里都倒了一滴进去，虽然里面只是水，可是因为怕留有滴剂的残渣，我还是全部倒掉为好！”

对我这个阴险奸刁的前朋友，我愤怒得无言以对。毕竟她以为这是麻醉剂而不是水——我真的再也不能相信她了。

现在是该狠狠教训一下尤迪特的时候了。她自己应该别闹了，而不是将失望发泄到孩子们身上。我飞速上楼，从凯勒的小说《绿衣亨利》后面拿出那瓶被替换过的透明小瓶子，那里面才装有真正的魔药，我把它塞进裤袋里，重新飞跑至下面的厨房。尤迪特注视着我，眼睛稍显呆滞。

“我马上去小一个便，回来我们再一起喝一杯。”她建议道，蹒跚着离开了。

我的酒还有半杯，可我不想再陪她喝下去了。我怒气冲冲地把酒倒入水槽里。她的酒杯里虽然没有酒了，但是一瓶酒打开了仍在桌上。我叫你醉得头痛恶心，让你体验到从未有过的难受，我愤愤地想道，打开了那只不可救药的小瓶的瓶盖。因为她随时都可能回来，我当机立断将全部的液体倒入那只葡萄酒瓶中，重新回到了自己的座位上。

尤迪特很快又回来了，想先往我的杯子里倒满酒。

“不喝了,我累了,”我说完站起来,“我想现在就去上床了。”

“真叫人扫兴！”尤迪特叽里咕噜地抱怨道，“那我最好也去睡觉了。”说完将酒瓶夹在腋下，摇摇晃晃地走在我前面，爬上楼梯直至最上面。我还细听了一会儿，还没有拿定主意是否应该警告她一下。可我的怒火胜利了——就让这个荡妇太太平白无故地生病，遭受折磨吧！或许下一次她就该更规矩一点了。既然图书馆的人都在感冒，即便她几天不去上班，也不会显得突兀。我怀着内疚睡着了。可在梦里所有的夜鬼都找上我了，自从贝娜德特不幸去世后，这些夜鬼就聚集在我的别墅里。

“星期一你们可又得去上学了，”吃早餐时我说，“你们的爸爸到底在干什么，他还在睡觉吗？”

“你忘记他病了吗？”莉莉用责备的语气问道，“我们不可以叫醒他。不过他答应和我们一起到曼海姆医院去看望妈妈。”

保罗走到窗口。“下雪了！”他嚷道,可马上有点担心起来:“那个女人的汽车在外面！她今天难道休息吗？”

“不知道，说不定你们的感冒同样传给她了。”我说，然后粗枝大叶地将“能多益”榛子酱抹到了自己的面包上。

“但愿卡拉不会生病，”保罗对莉莉说，“否则我们得自己动手干活了！”

“我们可以和贝拉一起到院子里去吗？”莉莉问，“它老是不停地抓门。它肯定想到雪地里……”

“那你们穿上高统胶靴！”我吩咐道。

主人生病后，它就没有再和他一起出去溜达过。柯德带着它要么在魏因海姆和赫姆斯巴赫之间平原上的田野里穿梭，要么在贝尔格大街的缓坡上遭废弃的小菜园里散步，贝拉有时可以找到一只獾、一只野鸡甚至是一只狍子。好在他们俩至今还没有遇见过值勤的护林员。这条狗现在习惯了每天要出去活动一下身子。

孩子们正想打开院门，柯德走进门来，虽然脸色有点苍白，睡眼蒙眬，但看来不再发烧。当双胞胎提醒他到医院去看望他们的母亲时，他拒绝了。

“可能明天吧，我还没有完全恢复健康。你们不是可以给妈妈打电话……”

“我们不是每天都打吗！”保罗说。可莉莉说：“爸爸，许诺的事要说到做到！”

于是没办法，贝拉布洛克哀鸣着想跟他们一起出去，但只能待在家里，柯德开着我的汽车和他的孩子一起到曼海姆去了。

一直到了下午，我才开始担忧起来，难道尤迪特真的生病了吗？楼上既听不到抽水马桶的抽水声，也听不到任何响声，哪怕我悄悄地爬上楼梯，站在她的房门口谛听也不见任何动静。其实我确实希望她醉后头痛，可渐渐地，我感到阴森恐怖起来。不知什么时候，我再也忍受不下去了，第二次爬上楼去。门没有锁上。我觉得这里静寂无声，因为下雪，只能听到大街轻微的噪声。我打开灯，走进卧室。

尤迪特躺在床上，嘴巴张开着，目光呆滞。那种眼神已经一清二楚。空的葡萄酒瓶和浴衣随意掉落在床头柜旁边的地上。我吓得毛骨悚然，不得不先把自己扶住。我的第二反应是：赶快离开这里！我用尽最后的力气抓住那只出卖真相的葡萄酒瓶，差点儿摔倒在楼梯上，跌跌撞撞地走到厨房，终于无力地瘫倒在那儿最靠近自己的一只椅子上。偏偏狗开始嚎叫起来，叫声如此可怕，只在书本上看到狼才会这样。它嗅到死亡气息了吗？它将我认作凶手了吗？难道尤迪特或许只是失去知觉，而我，正如沃尔夫拉姆一样，放弃施以援救了吗？我应该再上去一次吗？待在原地别动，我的脑海里闪过这个念头，柯德肯定马上就要回来了。他应该会发现这个昏迷者或者死者，我不希望和这件事有任何关系。

果然没过太久，孩子们冲了进来，大概出于直觉地发现我已经完全稀里糊涂了，然后笨手笨脚地拥抱我。

“怎么了？”柯德问。

“可能我也病了……娜塔莉怎么样了？”

他说她好多了，但还远没有脱离危险。幸好她已经不必再用人工方法供给营养，因此接下来就可以转至精神健康总院了。

“那么尤迪特呢？”莉莉问。

我耸耸肩，然后烧水去了。“药草茶、莱宝茶、咖啡还是可可？”我机械地问，每个人都给出了不同的答案。

后来，我甚至开车去了超市，将那只空葡萄酒瓶清理到那只垃圾集装箱中，在商店快要打烊前买好了晚上吃的东西，可是在驶出车位时差点儿撞到另一辆车身上。我已经累垮了，没办法再好好做饭菜了，那时超市里也只能买到沙拉和一只成品比萨，反正比萨也是我的小客人们特别喜欢吃的。晚餐后我们互祝晚安后告别。我坐在电视机前看电视，想分散自己的注意力，可还是徒然。

也不知什么时候，已经很晚了，柯德敲我的客厅门。

“抱歉，”他说，“你见过尤迪特吗？如果她真是病了的话……或许我们应该一起上去看看！”

“今天不了，”我回答，“明天又是新的一天。”

24

快乐结局

出于老习惯，对我而言周末总还是有点特别之处，尽管无论是工作日，还是节假日，对退休的人其实不再起到很大的作用。我没有像平时那样很早开始喝咖啡，而是因为浏览《魏因海姆新闻报》而在床上多待了一个小时，让日子悠闲舒适地消磨而过。这个周六，我醒得很早，我害怕即将到来的时刻。可在我这次卓有成效的方法之后，我仍然试图暂且故意拖延一下时间。

和柯德以及两个孩子吃完特别晚的早餐，再想推迟下去已经万无可能。保罗和莉莉在忙着玩电脑游戏，我和柯德慢慢爬上阁楼楼梯。我绝望地假装一无所知的样子。

柯德也一眼看出问题来了。尽管如此，他还是摸了摸尤迪特的脉搏，甚至还稍稍摇动她，仿佛因此能让她重新复活过来。

我站在他旁边，呼吸很艰难。

“我想我们已经无能为力了。”柯德说，走到窗前，背对着我，呆若木鸡地站在那里。看来他在和自己激烈的情感做斗争。过了好几分钟，他才恢复了内心的平静，连珠炮似的向我发问道：“你明白是怎么回事吗？看样子我被蒙在鼓里了！她很少生病，只是偶尔有过腰痛，但不会死于腰痛。出什么事了？心肌梗塞？可能她已经死了很久。我们上一次见到她究竟是什么时候？”

“那是星期四晚上，她酒喝得相当多，”我用微弱的声音说道，“她离开厨房时，腿脚几乎站不住了。”

“这样的情况是会发生在她身上，但不至于死亡。”柯德说。

“也许是她自尽吧。”我小声道，可他猛烈地摇摇头。

“尤迪特可不会！但一切已经无济于事了，我们现在必须叫医生……”

我听天由命地点点头，将浴衣捡起来。那只红色小瓶顺势掉了出来，柯德弯腰捡起，拧开瓶盖，试图在他右手的手心里倒上一滴液体。

“你瞧！”他激动地说，“瓶子完全空了，盖子拧得很紧！是她倒掉了还是她自己喝掉了？可即便喝掉她也绝不可能死呀，那里面不就是水吗？她只是给孩子的果汁里倒了一小滴进去，我看得清清楚楚。那剩下的绝大多数液体到哪儿去了？”

忽然，我想到了一个振奋人心的主意，从而大大地减轻了我道德上的负罪感。“是否她根本没有将滴剂放入莉莉和保罗的杯子里呢？说不定我们把孩子送回床上睡觉去的时候，那些滴剂真的倒入了我的杯子里。”

柯德皱起眉头，想了想说，她这么做很有意义，但遗憾的是我们无法证实这一点。他绞尽脑汁地用手抚摸头发，然后坐在尤迪特的书桌旁。他说有次她和他说过，她在实施一个完全特别的计划……他没有透露更多的信息，而是开始在她的抽屉里翻找着。这个时候，我默默地坐在床沿，茫然若失地盯着死者看。在花了相当长的时间寻找之后，柯德从抽屉里抽出一张剪报，看完文章，怀疑地摇摇头，将那张剪报递给我。

麻醉剂 γ－羟基丁酸（GHB）的危害性被低估了。2012 年，德国有多人死于超大剂量服用 GHB，大多和酒精消费量增加有关。GHB 在血液里仅能存留八小时，在尿液里存留十二小时。此外，该麻醉剂可以使服用者丧失最后几小时的记忆……

我们彼此投去怀疑的目光，各自思量起来。她买下这些致命的麻醉剂，熟知它们的效果，那不会是好事。就在柯德继续翻找尤迪特的文件时，我又想起了我那些各种不同的遗嘱草稿来。

“她若想谋害我，那肯定不是出于个人的憎恨，而是要继承我的遗产。我已经草拟了一份临时的遗嘱，不过当然还没有签名。我在遗嘱上规定，只要对非自然死亡存有一丁点儿的怀疑，那么遗产——”

柯德打断我的话，因为他又有了新的发现。他凯旋般地将一张纸举到我的鼻子底下。那并不是一份复印件，而是我大量的草稿中的一份原件，那是我试验性地用沃尔夫拉姆的钢笔写下的。在我的遗嘱的上半部分，我将尤迪特指定为我的唯一遗产继承人，然后这张纸从中间被巧妙地撕下了，因此没有了至关重要的附加条款。可是尤迪特却用亲笔书写的一个条款结束了这句话，在纸的下方署上过去的日期和我的名字。伪造一个条款并不是十分困难，而对我的签名她一定是练习了很久，可尽管如此，我还是对这个结果相当恼火。遗产法院是否会相信这半张 A4 纸，我同样抱有怀疑。这个想法虽然很聪明，可是实施起来有点拙劣了。

“你把真正的滴剂存放到哪儿去了？”柯德在耗费了足够脑细胞之后问道。我的脸顿时涨成深红色，我没回答。

“你难道对她……？”他插问道，我仍然一声不吭。

于是我们又都开始沉默不言了；我尴尬得无地自容，感觉自己就像是一名作弊被逮住的学生。

终于，柯德吃力地站起来，给医疗救护站打了电话，普通门诊周末都关闭了。

“医生将在一小时后赶到。但你不用害怕，也许实验室里什么都验证不了。”他安慰性地说，“也许一切又会恢复如初，现在她再也无法摆布我们。尤迪特从来不会弄脏自己的双手——她唆使你伪造文书，她要求我掐死沃尔夫拉姆，然后再干掉水母。她曾是我的至爱，但也是我不幸的根源。”

我很清楚虽然柯德没说出来，但已经明白了我的行为产生了什么样的后果。我开始为自己辩护。“我可不知道喝点儿白色液体也会死人，”我哭诉道，“尤迪特想伤害你的孩子，我因此想要惩罚她——不过只是想让她头昏脑涨而已。难道我现在成了凶手了吗？”

“绝不是，这个我了解！”柯德说，“你这不是故意为之，而是一次不幸事件。”

然而我还不能停止自责。“可是我内心的想法卑鄙无耻！现在我的朋友死了，只是因为我的过错造成的！我永远不能原谅自己！”

“别说了，”柯德说，“你差点儿连自己的命也没了。”

渐渐地，我重新平静了下来，很感谢这个拯救我生命的人。“要不是你聪明地换下那瓶滴剂，尤迪特不久就会成为这里的房主，你们就可以为我考虑一个合适的碑文了。”

“那我也肯定马上就要被她抛弃了，”柯德说，“我实在是太想知道她究竟如何除掉我和我的孩子！”

正如预期的那样，医生要求安排尸检。尸体被交还时，时间过去了很久，因此我早就将尤迪特去世的消息告知了她的家人。除了她父母的绝望、自责以及悲伤之外，由于觉得诊断结果并不真实可信，存在太多的模糊不清，因此他们只是勉强地接受。那份诊断结果中提及酒精中毒，也有可能是毒品中毒。所以最后导致昏迷、呼吸停止以及心跳停止；来自外部的过失责任几乎不可能，但不是完全不可能。还有一个辅助诊断的结果，提及她的子宫可能早就被切除。尤迪特从没有向任何一个人透露过这个情况。

她可能经历了什么？她身上究竟发生过什么？

柯德早就认识尤迪特父母了。可以理解的是，他请我只字不提他住在这里的事。尤迪特父母从来没有接纳过他，将他视为刑事犯罪分子，认为他贪色地引诱了他们当时尚未成年的女儿。柯德还提及尤迪特的姐姐，尤迪特也已经多年没有和她联系。

“她姐姐嫁给了一个有钱人，住在汉堡一个奢华的房子里，位于阿尔斯特河畔的高档地段。尤迪特曾经说过，如果有朝一日自己也能拥有这样一栋别墅，她无论如何都要豁出去了。”柯德介绍说。

我突然不由得想起我们那次在电梯里的共同经历。我至今从没有想到过这一点，一个强者是很难原谅一个了解自己缺点的知情者的。此外，我到现在才明白，尤迪特可能终生忍受着竞争之苦。柯德继续回忆道，除了一个女管家、一个女保姆以及一辆豪华越野车之外，尤迪特的姐姐还有四个孩子。或许尤迪特因此才想要把这对双胞胎送到儿童福利院去，因为只要他们一出现在她的眼里，就老是让她想起自己的悲惨遭遇。不过这所有的一切都只是理论,我们毕竟不是心理学家。至少我曾经看到过这种说法，假如一个孩子和成功的兄弟姐妹比较后不做出任何反抗的话，那么他常常会成为“麻烦制造者”。

我认识尤迪特的母亲本人时，我们的假设从某种程度上得到了证实。她预告抵达时间后，我和柯德疯狂地行动起来，试图清除掉阁楼间里所有哪怕引出一丁点儿嫌疑、有失体统或者有可能伤害到她父母双亲感情的一切。我们打扫卫生，清理房间，铺好床铺，决定让柯德、贝拉和孩子们离开一天（有可能还要更长时间）。柯德睡觉的那个卧室被我锁上了。

尤迪特的父母拒绝到法医那里看望死去的女儿。他们希望保留她生前的记忆。隔了很久，她母亲才过来陪伴尸体运抵北德。出于对死者的崇敬，我并没有说出将尤迪特安葬在沃尔夫拉姆和贝娜德特旁边的古怪愿望。

尤迪特从没有过多谈论过自己的家，她说那是一个很无聊而且极其保守的家庭。我获悉最近十年家人和尤迪特的关系变得越来越错综复杂，她的父母尤其不能对享受天伦之乐表达出一句话来，因为尤迪特会立即把电话挂了。

“尤迪特是让我们操心的孩子，”母亲说，“和她不同的是，我们的大女儿是学校里的好学生，拉大提琴，在大学里攻读工商管理，嫁了一位好丈夫，也成了一个完美的母亲。这对尤迪特来说肯定就不容易了。早在青少年时代，她就是个叛逆少女，那段时间只给我们带来烦恼和忧愁。当她终于找到了一个固定工作，过起了正常生活，我们都很高兴，满怀感激。可是看到我们和她姐姐过得比她幸福得多，恐怕她是永远不会原谅我们……”

她突然抽泣起来，我拿来一盒餐巾纸和一瓶法国白兰地。我真想和她一起号啕痛哭，可是我应该从我的视角介绍一下尤迪特的最后岁月。为了事后挽救她的名誉，我提到她是一个既有趣又有主见的朋友，是一个好同事，一个可爱的同屋，却对尤迪特的秘密野心只字不提。我绝不能泄露她意外死亡的真正原因，我只是暗示说尤迪特可能存在酗酒问题。

一周后，我坐火车到汉诺威参加尤迪特的葬礼。那里举办了一个小范围的纪念活动，出席追悼会的来宾不多。她的姐姐当然也来了——和丈夫还有两个大孩子。她不比尤迪特漂亮或者苗条，只是气质要高雅得多。此外，她非常自信地出现在众人面前，体贴入微地关心不幸的父母。对我而言那是沉重的一天，我很高兴又回到了家里。我违心地意识到，我能继承这栋漂亮的别墅尤其也要感谢尤迪特；是她不停地催促我，引诱我伪造遗嘱，并且关心沃尔夫拉姆安葬事宜。可我始终扮演着举足轻重的角色。假如我拒绝了沃尔夫拉姆的邀请，那么这栋别墅将落入海德堡临终关怀医院之手了。

差不多半年过去了，大楼里又发生了很多变故。柯德为孩子报名上了本地的裴斯泰洛齐学校，离海狸街只有一步之遥。保罗和莉莉在阁楼有了自己的一间房间，柯德也在那里布置了一间卧室。底楼我们保留了厨房、客厅和餐厅作为我们共同的聚会场所。但我二楼的空间独立于集体生活，我可以随时退回到自己的房间里去。

我们的规则很清楚。柯德虽然不必支付房租，但负责所有手工作业、技术工作以及院子的劳作。他答应我不会再去折腾了，宁愿在院子里和孩子们嬉闹。这段时间，他也在阿特曼太太和另外两个单身女人那里偶尔打打小工，给自己挣点钱，那肯定不用交税。

奇怪的是，我在我的老年时光里拥有了一个家和一条狗，大多为四个人做饭，检查孩子们的家庭作业，感到自己浑身舒坦。虽然对继承得来的财产我还不能太过豪爽，因为就算是第二套房子所得显然也所剩不多；万不得已时我完全可以把两间房间或者整个底层出租出去。

柯德也变了，似乎从多年的负担中解放了出来。迄今为止我从未见过他如此兴高采烈、心情畅快，如此助人为乐、勤奋好学。他承认这辈子第一次开始看书，而且是看我推荐给他的书籍；他不得不迎头追赶。渐渐地，我认识到他绝不像尤迪特想要哄骗我的那样有那么幼稚可笑。

一天晚上，我们还在一起喝一杯葡萄酒时，我明言道："我们干得可真是不赖，你不觉得吗？我们和阿特曼太太和所有的左邻右舍相处得棒极了，孩子们找到了朋友，春天要来了，最早种植的果树要开花……"

"可是，如果娜塔莉从康复院出院了，那怎么办？"柯德问。

"我们也可以把她加入进来。"我忘乎所以地说。

"你说什么？"他问。

"娜塔莉可以留在我们家里做清洁工作。"

接下来就会有五个人住在我的别墅里。有这么一大家子我就得一天二十四小时连轴转，寂寞无聊就无从谈起了。若没有那些可怕的噩梦，那该有多好！死者们始终不断地聚集在我的床前：贝娜德特胳膊上抱着那个小比安卡；尤迪特呢，装扮成吸血鬼，用一根项圈把可怜的沃尔夫拉姆当作一条狗那样套住不放，而最后出场的是滑溜溜的水母。我只好蒙住眼睛，嚷道："你们究竟想对我怎样？"他们当然不可能回答我，可是柯德进来说：“别性急，马上一切都过去了，因为你是下一个。”

正因为如此，找得到空闲的时候，我就会对着一份新的遗嘱修改润色。

图书在版编目（CIP）数据

遗产阴谋 / （德）英格丽特·诺尔著；沈锡良译. --北京 : 作家出版社，2017.7
（悬疑世界文库）
ISBN 978-7-5063-9352-2

Ⅰ. ①遗… Ⅱ. ①英… ②沈… Ⅲ. ①长篇小说 - 德国 - 当代 Ⅳ. ①I516.45

中国版本图书馆CIP数据核字（2017）第029645号

遗产阴谋

作　　者：［德］英格丽特·诺尔
译　　者：沈锡良
责任编辑：汉　睿
特约编辑：赵　衡　叶拂云
装帧设计：潘伊蒙　李人杰
出版发行：作家出版社
社　　址：北京农展馆南里10号　　邮　　编：100125
电话传真：86-10-65930756（出版发行部）
86-10-65004079（总编室）
86-10-65015116（邮购部）
E-mail:zuojia@zuojia.net.cn
http://www.haozuojia.com（作家在线）
印　　刷：北京明月印务有限责任公司
成品尺寸：142×210
字　　数：180千
印　　张：7.75
版　　次：2017年7月第1版
印　　次：2017年7月第1次印刷
ISBN　978-7-5063-9352-2
定　　价：32.00元

悬疑世界文库

悬疑世界打造

蔡骏策划

英格丽特·诺尔《遗产阴谋》
无限贪念下滋生的人性至恶。

悬疑世界文库

中国类型小说殿堂卷帙

[悬疑世界文库] 魅惑解锁

时间从此分叉

万象森罗 蛰伏如谜

爱与恨正在演绎无数可能

悬疑无界 故事无常

敬请期待

文库推荐

《罗生门·回忆》蔡骏/主编

《罗生门·回忆》悬疑教父蔡骏主编，领军国内一流作家团队共同打造“首部悬疑类型MOOK书”。

主打栏目【罗生门】是国内首创多人视角同题合著小说，蔡骏与周浩晖、李西闽等多位作家“从不同角度看世界”。【国外鉴赏】特别献上日本“美食”推理作家村上龙的作品，为你揭示美食料理的阴暗罪恶面。全书覆盖了小说、散文随笔、访谈、摄影、微小说等多种文体和表现形式，给你带来不一样的悬疑享受。

<u>国内首部悬疑类型MOOK书</u>

《谋杀似水年华》（电影版）蔡骏/著

大雨滂沱的夏夜，南明高级中学对面的杂货店发生了一起离奇的谋杀案。唯一的目击证人是死者十三岁的儿子。

十五年后，案件尚未告破，负责此案的刑警因公殉职。在筹备葬礼的过程中，警察的女儿田小麦意外发现父亲遗留的工作手册，提及十五年前那桩谋杀案的凶器……

年华纷纷跌落，真凶逍遥法外，徒留无限怅惘和一丝最后的希望！一个女孩与她的少年，如何跨越十五年的时间鸿沟，挖掘被埋葬的爱情，追寻谋杀似水年华的真正凶手。

蔡骏第一部社会派悬疑小说经典重版，不容错过！